JN065021

孤高のＣＥＯと子作りすることになりました！

「うっわー。オシャレすぎぃ……」

地上から高層ビルを見上げ、桐ケ崎茜音は感嘆の声を上げた。

てっぺんにある〝Ｓｏｕｆｆｙ〟のカラフルなロゴが、春の日差しを受けてきらめく。Ｓｏｕｆｆｙは多方面にビジネスを展開する、巨大企業グループだ。元々はＥＣサイトを中心とするインターネットサービス会社だったが、今や日本でこの名を知らない人はいないだろう。

世田谷区の豪徳寺にほど近い一等地。ずどんと一棟まるまる自社オフィス。ため息が出るほど洒落たビルの中、全面ガラス張りのエントランスをさっそうと歩く若手社員の姿が見えた。

緊張が高まり、茜音は首に巻いたワインレッドのスカーフを直す。プライベートな用件だからこそ、女性らしいタイトスカートに上品なニットを選び、ロングヘアをふんわり巻いて、抜け感が出るよう意識した。

フラットパンプスのかかとを鳴らし、エントランスをくぐり抜ける。まっすぐレセプションに向かい、名刺を渡して来訪を告げると、奥にあるＶＩＰ専用らしきエレベーターに案内された。

書類にはつぶさに目をとおしたし、準備は万全だ。なにが大変って書類をそろえるのが大変だった。履歴書や職務経歴書のみならず、住民票や健康診断書、さらに大学の卒業証明書や資格認定証などの添付書類を含めると膨大な数だ。先方とそれだけの量を交換し、偽りがないか一項目ずつチェックし、すべて裏を取った。

あのことは大丈夫かな？　もしバレたら、問題になりそうだけど……

しかし、計画を実行するにあたり、重要ではないはずだ。露見すれば先方は眉をひそめるだろうけど、聞かれなければ答える必要はない。誰にだって人に言えない秘密の一つや二つ、あるだろうし。うしろめたさがまったくないと言えば、嘘になるけど。

エレベーターは最上階に到着し、秘書と名乗る男性に案内され、通路の奥にある応接室に足を踏み入れる。

その瞬間、鼻孔を掠める、かすかなフレグランス。先に入った男性がつけたものらしい。エネルギッシュな大都会をほうふつさせる、男らしくて清潔感のある香りだ。

いい香りだな、と称賛するとともに、密かに胸がじりっと疼く心地がした。

そこで茜音は、初めて先方と対面することになる。

菱橋龍之介の第一印象は、すごく頭のキレそうな美貌の紳士、というものだった。

茜音より五歳年上の三十四歳。薄いフレームのメガネが無機質な印象だけど、かなり整った顔立ちをしている。男性にしては肌のキメが細かく、痩せているせいか頬骨から顎のラインがシャープだ。長めの黒髪をうしろへきっちり撫でつけ、額に二、三本落ちた毛束の筋が、絶妙な色気をかもし出していた。

「はじめまして、桐ケ崎さん。本日はようこそお越しくださいました」

龍之介の声は低く、聞き惚れてしまう。

「お会いできて光栄です、菱橋社長。こちらこそ、お時間を頂きましてありがとうございます」

茜音はさっと営業スマイルを顔に貼りつけた。

すすめられたソファに座り、まずは雑談から入る。大分暖かくなりましたねとか、仕事はお忙しいですかとか、豪徳寺界隈（かいわい）はいいところですねとか、そういう話。

それから、本格的な質疑応答タイムになった。事前に目をとおした書類について、気になった点をお互い確認していく。

それにしても、あまりに見事すぎる経歴だよね、これは……。まさに、エリート中のエリートってやつか。

改めて履歴書を眺め、茜音はしみじみと感心する。親友の安藤朝美（あんどうあさみ）の紹介とはいえ、これほどの好条件は他になく、土下座してお願いしたいレベルだった。

履歴書にはこうある。法徳（ほうとく）大学の商学部を卒業後、ＭＳ銀行に就職。法徳大学といえば、トップクラスの名門私立大学で、ＭＳ銀行は日本最大の総資産を誇るメガバンクだ。

退行後にＳｏｕｆｆｙジャパンを起業し、爆発的にユーザー数を伸ばして急成長。さらに戦略的なＭ＆Ａを次々に展開し、今や誰もが知る大企業となった。日本のＩＴ長者の中でも、龍之介は長期的に業績を伸ばした経営者として、トップ３には入るだろう。

非の打ちどころがない、学歴と経歴。若くして日本屈指のＩＴ企業のＣＥＯ。すらりとした長身で、目を奪われるような美貌の持ち主。

すべてを兼ね備えたパーフェクトな男性が、いったいどうして……？

「いったいどうして、こんな奇妙な契約に乗ったのか……疑問に思ってらっしゃいますか？」

龍之介は刺すような一瞥(いちべつ)をくれ、先制してきた。

キツネっぽい吊り目……という表現は妥当なのか、目元は冷たくて凛々(りり)しい印象だ。一重まぶたの目は細く、目尻は切れ込みが長い。時折見せる眼光の鋭さに、ひやっとさせられた。

「そうですね。菱橋さんほどのかたが……不自由しているとは思えないので、どうしてなのかなって理由が気になりますね」

龍之介は答えず、「実は私も理由がずっと気になっているんです」と同じ質問を返してきた。

……ん？　あれ？　なんか今、はぐらかされた……？

少し不審に思う。理由を聞いたとたん、あからさまに答えを避けた。

龍之介は気をそらせるように言う。

「桐ケ崎さんはまだお若いですし、とても美しいかたなので、わざわざ契約する必要があるのかなと。ボニーズスタイルの経営も順調じゃないですか」

とても美しいかた。

不覚にも、ドキッとした。お世辞で質問をうやむやにされたと、わかっているのに……

ボニーズスタイルとは、せんえつながら茜音が代表を務める下着通販会社だ。社員は五十名ほどと規模は小さく、おもに女性向けのランジェリーをネットで販売している。フォトスタシア、略してフォトスタという写真投稿ＳＮＳを駆使した宣伝と、一般女性をモデルとして起用した戦略が当たり、売り上げはそこそこ順調だ。

「会社のことはさておき、他は全然ダメですよ。社長と聞くだけで大概の男性は引きますし、ランジェリーという女性向けの商売ゆえ、出会いも皆無ですから」

　そう言うと、龍之介は薄く笑った。

「そうですか？　私は引きませんけどね。むしろ会社経営ができるぐらい、パワーのある女性は魅力的ですが」

　そりゃ引かないでしょうね、と苦笑するしかない。龍之介からすれば、中小企業の経営者なんて歯牙にも掛けない存在だろうし。

「菱橋さんのような男性ばかりならいいんですけどね。出会いも時間もなくて……。三十を前に、急がなくちゃって焦っていたんです。安藤朝美とは幼なじみだったんで、よく相談に乗ってもらっていました」

「なるほどね。それで私に打診がきたというわけか。安藤夫妻と私は大学の同期で、私の人生観を熟知しているし、後継者問題をこぼしたら、あなたの話をしてくれて」

「私も菱橋さんの噂だけはうかがっておりました。ですが、そんな紹介に頼る必要、本当にあったんですか？」

「女性にはまったく不自由していません。それなりの地位と資産がありますので、向こうから寄ってくる状況です。自分で言うのもなんですが」

龍之介はきっぱり断言した。

うはー、自信満々に言い放つなぁ……。他の男性なら失笑ものだけど、この人なら説得力がありすぎるんですが……

あきれるをとおり越し、感心してしまう。自惚れも傲慢さもすべて、彼の堅固な魅力を引き立てていた。

「会社が大きくなるにつれ、後継者について考えるようになりました。経営は実力のある役員に譲るつもりですが、私個人が所有する資産は血を分けた人間に譲りたい。つまり、子供が欲しい。二十代の頃は考えもしませんでしたが」

「そのお気持ち、よくわかります。心血を注いで築いたものだからこそ、肉親に譲りたいというか……」

龍之介は「そのとおりです」とうなずき、さらに言った。

「実は私、そもそも結婚するつもりがないんです。とてもじゃないが、赤の他人と生活をともにしたり、扶養する義務を負ったり、財産分与したりなんて不可能ですから。端的に言って、嫌なので」

しかめられた美貌には、ありありと嫌悪感があらわれている。過度の人間不信か、極度の人間嫌いか……この完全無欠な紳士の持つ、潔癖な一面が見て取れた。

「なら、婚前契約はどうですか？　あらかじめ財産分与や子供の養育費について、取り決めをしておくっていう」

そんなのとっくに検討済みですよとばかりに、龍之介はふっと鼻で笑う。

「もちろん知っていますが、一つとても重要なポイントがあります」

龍之介は背もたれに寄りかかり、サッと長い足を組んだ。大きな革靴はシンプルなレースアップ・シューズで、イギリスの老舗ブランドのものだ。滑らかな質感の黒革が、鈍い光沢を放っている。

ワイシャツの上に上品なシングルベストを着て、ソリッドなグレーのネクタイがよく似合っていた。肩幅は広く、ワイシャツの上からでも引き締まった体つきなのがわかる。

龍之介は、すっと人差し指を立てた。

「私がパートナーに求めるものはただ一つ。ピュアさです。しかも、完璧な」

「ピュアさ……？」

「少しでも下心のある女性はＮＧです。この下心というのがなかなか難しい。出会った瞬間は純粋でも、私の素性を知るにつれ、どうしても下心が湧いてしまう。ああ、この人と結婚すれば贅沢し放題で地位も名声も思いのままだと。そうなると、汚く見えてしまってどうしても無理なんです……ハイエナのようで」

「は、はあ……」

すごいことを言っている気がする。要するにお金持ちすぎてモテすぎて、ステータス狙いの女性ばっかりなんだぜっていう自慢……？

リアクションに困ってしまう。たぶん、これが彼の本心なんだろう。そもそもこんな契約をする時点で、少々変人であろうことは覚悟の上だし。

純粋さかぁ……

内心ヒヤヒヤする。あのことを秘密にする自分は、きっと純粋さからは遠い。だますつもりはないし、だましたくもないけど、あのことはたやすく口にできなかった。

勘の鋭い龍之介が、隠し事に気づきそうで……怖い。

「仕事も充実して地位もあり、資産が潤沢にある女性なら、少なくともステータス狙いではない。心理的なゆとりも期待できるでしょう？」

「それはそうですが……。けど、私だって菱橋さんのステータスに惹かれましたよ？　素性を知らない男性より、菱橋さんのような優秀な男性がいいって思いましたし」

「当たり前の話です。我々は恋愛をしているわけじゃない、優秀なＤＮＡを探しているんですから。私も桐ケ崎さんのことは徹底的にチェックさせて頂きました」

「結果、合格ってことですか？」

「ええ。桐ケ崎さんとなら良好なパートナーシップを築き、目的を果たせると思いました。私のほうもお眼鏡にかなった、ということでよろしいんですか？」

「はい。元々私は一人で成し遂げるつもりだったので、思わぬ協力者を得られて幸運でした。菱橋さんに助けて頂けるなら、子供に充分な教育環境を与えてやれますし……。この点、私も財産狙いみたいなものですけど」

「別に構いません。あなたのためじゃない、子供のためですから。お互いの考えが一致して、よかった」

その場に、ホッとした空気が流れる。

警戒心は少し解け、この人とならうまくいくかもしれない、という気持ちが生まれた。

それから、いくつか法律的なことを話し合った。もう一度、お互いの意志を確認し、当初の予定どおり進めようと合意に至る。

龍之介はクリニックのパンフレットを取り出して言った。

「こちらが知り合いのクリニックで、我々のような事実婚カップルにも対応してくれます。この世界ではかなり名の知れた、優秀な医師ですよ。話はとおしてありますので、遠慮なくアポを取ってください。懇切丁寧にカウンセリングもしてくれますから」

「はい。提供のほう、よろしくお願いします」

二人は立ち上がり、にこやかに握手を交わす。

龍之介の大きな手を握りながら、茜音は不意に直感した。

……この人、なにか隠し事をしてる？

なんの根拠も理由もない、本当にただの直感だ。たまにこういうことがある。相手が心の奥底に秘めている、微細な恐怖や不安のようなものを感じ取ってしまうのだ。

たしかに「後継者が欲しい」だけでは、理由として弱い気がした。後継者が欲しい人が皆、こういう契約を結んでいるわけじゃない。潔癖症もしかり。

彼をこの奇妙な契約へと向かわせた、なにか大きな動機があるはず。

隠し事はお互いさま、ってわけか……

去り際にお辞儀しながら思う。

ならば、彼のことをとやかく言える立場じゃない。深掘りしないほうがいい。

きびすを返す瞬間、龍之介の美しくも冷ややかな瞳が視界をよぎった。

茜音はタクシーで帰ることにした。

普段は地下鉄やバスを使う。茜音は庶民派なのだ。年収がどれだけ上がっても、ライフスタイルはそれほど変わらないし、むだ遣いもしたくない。雨の日や疲れたときに、バスを待たずに少し楽をしたいぐらいで。

茜音のマンションはJR中野駅前にある。分譲ではなく賃貸だ。通常なら豪徳寺から三十分とかからない。しかし、環七通りはいつものように渋滞し、のろのろ運転だった。

雨が降り出してきたらしい。灰色の雲が垂れ込み、ほこりっぽい街はけぶっていた。

車窓の景色を目に映していると、さまざまな思いがやってきては去っていく。

契約出産かぁ……。まさか私がそんなことをするはめになるとはなぁ……

子供の頃は、いつか大人になって当たり前のようにママになるんだと信じていた。電車がレールの上を走るように、特に努力しなくても誰もがそうなるものだと。

しかし、いざフタを開けてみたらどうだろう？　妊娠出産はおろか結婚も、恋人を作ることもままならず、出会いさえ皆無とは。

理由はいくらでも思いつく。けど、ランジェリー業界にいようが肩書きが社長だろうが、結婚して幸せな家庭を築いている人は山ほどいる。

神様がたまたまミスして、茜音一人だけ伴侶と出会える確率をゼロパーセントに設定したみたいだ。これまでの人生、不思議なくらい出会いがなさすぎた。

仕事ばっかりしすぎたかなぁ……。起業したての頃は忙しくて、合コンだの飲み会だの、かたっぱしから断ってたしなぁ……

どうやら『仕事さえ真面目にしてりゃ、自然と幸せになれる』というのは、ただの迷信らしい。人生そんなに甘くなかった。やはり幸せは自分で探し、掴みにいかないとダメなんだ。

そう気づいたときにはもう、三十歳は目前だった。

婚活アプリに登録し、婚活イベントに参加もした。けど、「社長」と名乗っただけで引かれたり目の色が変わったり、よい結果にはならなかった。富裕層向けにシフトしたら年齢層が急に上がり、結果はさんざん。

誰でもいいわけじゃない、年の離れたおじさんは遠慮したいし、ガツガツした男性は生理的に無理。なら、契約と割り切った相手のほうがマシとさえ思えた。

そうこうするうちに気づく。自分は結婚がしたいわけじゃない。子供が欲しいだけだと。

ボニーズスタイルに心血を注ぎ、築き上げたものを未来のために使いたい。二十代前半はやみくもに仕事だけしてきたけど、三十歳を前にふと虚しさに囚われた。

ひたすら業績を上げ続け、どれだけ稼いだって、それがなんなんだろう？　心の奥に巣食う、虚しい空洞はますます広がるばかり。ただ働くだけの生きかたを見つめ直し、真に大切なものを見極めなければ。自分自身のためだけに生きるには限界がある。

そんな折、安藤朝美に龍之介を紹介された。婚姻関係は結ばず、精子の提供だけ受けて茜音が出産し、養育費は二人で負担する、少しめずらしい取り決めがなされた。

だんだん、そういう時代になっていくのかなぁ？　きっと、私だけが特別じゃないよね。皆、恋愛しなくなっていって、その傾向はどんどん加速するのかも……

かつて恋愛問題といえば、性格が合わない、浮気をされた、といったものが主流だった。けど、現代では恋ができない、恋する気持ちがわからない、恋なんて重要じゃない……という価値観が世を覆っているのが問題だと思う。

結果、多くの人が閉塞感を抱えて独身のまま、いたずらに年齢だけを重ねていく。

今回交わした契約の形は、今後増えていくかもしれない。下手したら、そういう形が主流になる日が訪れるかも。ある意味、茜音と龍之介は時代の先駆者かもしれないのだ。

と、自分に言い聞かせたところで、不安や迷いや罪悪感は消えない。

本当にこれでいいの？　人として間違ったことをしていない？　なにかとんでもない過ちを犯していたらどうしよう……

子供の視点に立ったときはどうだろう？　相思相愛じゃないカップルの間に生まれる子供は、不幸だろうか？

気分は沈み、人知れずため息が出る。季節は三月の上旬。まだ春は遠く、肌寒い日が続いている。ちょうど黄昏どきで、対向車線はヘッドランプで埋め尽くされていた。

愛があればすべて許されるのか。逆に、愛がなければすべて許されないのか……？

はっきりした答えは、どこにもなさそうだ。

子供を愛せる自信はあった。茜音自身、愛情いっぱいに育てられてきたし、家族の愛しかたを知っている。龍之介の財力に頼らずとも、充分な養育環境を与えてやれる。子供が望めば惜しみなく教育投資もできる。

龍之介に子への愛情は期待していない。約束を守り、〝提供者〟となり、認知してもらえれば充分。充実した環境の下、茜音が愛情いっぱいに育てれば、それでいいと思っているけど……

もちろん、愛し合う両親がいるに越したことはない。けど、そんな贅沢はできないのだ。愛と結婚とお金と健康、すべてのカードをそろえてから産んでくださいと言われても、できないことはできない。

はあああ……。愛があってもお金がなかったり、お金があっても愛がなかったり、そういうことかなぁ？　お父さんが言ってたことは、正しかったのかも。

父は白血病で亡くなった。先日、三回忌を終えたばかりだ。生来病弱だった父は生前、指を折りながらよくこう言った。

——人生ってやつはな、お金と健康と子供、この三つは同時に手に入らないんだ。そんな風にできているんだよ。

なかなか当たっていると思う。現に茜音はうなるほど資産があり、体もかなり丈夫なのに、恋愛運だけはさっぱりだ。金運と健康運にすべて使いきったらしい。

……贅沢なのかなぁ、私。与えられたものだけで満足して生きていくべき？

弱気になる瞬間はある。しかし、子供はどうしても欲しい！　これは、社長になるずっと前から望んできた。

そもそも、お金持ちになろうとして起業したわけじゃない。ちょっとしたアイデアを形にしようとしたら、あれよあれよという間に人気が出て、報酬はあとからついてきただけだ。

世の中、ＤＶや虐待やネグレクトなど、悲惨なニュースはあとを絶たない。多くが精神面か金銭面のトラブルのように見える。ならば、片親だけど愛情と資産を充分に与えてやれる自分にも、子供は育てられるかもしれない。それほどひどいことにはならないはずだ。

あれこれ悩みながらも、必要なアクションは起こしてきた。トントン拍子に話は進み、引き返せないポイントまできている。

あとは龍之介の提供を受け、クリニックで処置してもらうだけ。

流れゆくビルの灯りを目で追いながら、龍之介の端整な面差しを思い浮かべた。

隠し事のある、ミステリアスなＣＥＯかぁ……。敵に回したくはないタイプかな。いろいろと裏がありそうな人だけど……

どこかのパーティーで彼と出会っていたら、と妄想する。

きっと、儀礼的な挨拶を交わすだけだ。どれぐらい利益はあるかな？　とお互い値踏みしながら。上っ面だけの場で心を通わせるのは難しい。茜音が見え透(す)いたお世辞を言い、龍之介が冷ややかに返す光景が目に浮かぶ。

そうして、空虚な疲労を抱えて家路につくのだ。いつものように。

龍之介は特にガードが堅そうだし、名の知れた経営者はスキャンダルを警戒しなければならない。気に入ったから二人で会おうよ、なんて軽い世界ではなかった。

あの人の子供を産むのかぁ……。私が……

胸中は複雑だった。そんなこと、初めからわかっていたはず。あえてこの道を選んだのだから、今さら迷ってもしょうがない。

もう、やるしかない。賽(さい)は投げられたのだ。臆病風(おくびょうかぜ)に吹かれてご破算にすれば、あらゆる努力が水の泡になる。

思わず武者震(むしゃぶる)いし、ぐっと拳を握った。

◇　◇　◇

それから茜音は、龍之介の指示どおりクリニックに足を運び、カウンセリングを受けた。

そこで、大きな問題が発生する。

処置の詳細について説明され、これから我が身になにが起きるか知り、急に怖くなったのだ。

ある程度の痛みやリスクは想定していた。しかし、あのことを抱えているからこそ怖い。だって妊娠とは、人体という複雑に組み上げられたプログラムに、想定外のデータを投げ込むようなものだ。充分に検証されていれば問題ないけど、茜音のケースはなにが起きるかわからない。茜音が傷つくだけならまだしも、子供になにかあれば取り返しがつかない。

元々茜音は、極度の怖がりなのだ。

茜音は自分の不安を医師にも話せなかったし、聞かれもしなかった。クリニックの人たちは事実婚とはいえ、龍之介と茜音をカップルだと思っているから、当然といえば当然だろう。

誰にも言えないままクリニックから足が遠のき、ダラダラと二か月が過ぎる。

そんなある夜、茜音はリビングのソファに座り、通話を終えたスマートフォンをじっと見つめていた。

画面に映っているのは、世界最高のセキュリティを誇る、〝カーヌン〟。

二者間のチャット、音声通話、ビデオ通話機能などを提供している、知る人ぞ知るアプリだ。やり取りは高度に暗号化され、その履歴も完全に消去されて復元不可能という、絶対に知られたくないやり取りに最適である。イスラエルのソフトウェア会社が開発したものだそうで、各国首脳や情報機関の職員がこのアプリを使っているらしい。

龍之介の指示でインストールし、彼とのやり取りはこのアプリだけで行(おこな)っている。龍之介クラスになると、気軽に電話やSNSはできないらしい。

スキャンダルを警戒する、セキュリティ意識の高さかぁ……。けど、ちょっと過剰な感じするよねぇ……

たしかに著名人は基本、セキュリティ意識が高いのは間違いない。著名人の知り合いは多くいるけど、龍之介のそれは顕著だった。

契約出産という、スキャンダルになりかねないネタを扱っているとはいえ、超高価な国家レベルのセキュリティアプリを入れろなんて、大げさと言わざるを得ない。

これってさ、秘密組織のエージェントみたいじゃない？　これはもう、菱橋さんの正体は某国のスパイ説、急浮上してきたぞ……

そう思ってしまうのは、スパイアクション映画の観すぎかもしれない。

というのは冗談として、なにかにすごく脅えてる？　スキャンダルがそんなに怖いのかな？

どうも彼の人となりにそぐわない。仮に騒がれたとしても、真実ならありのままを告白すればいいだけだ。その辺の肝っ玉は据わっているタイプに思えたけど……

恐れてるのは、スキャンダルではない？　……なにか別のもの？

正直、わからない。彼と直接話したのはＳｏｕｆｆｙのオフィスで面談した一回だけで、お互いのことをあまりよく知らないから。

先ほど、スケジュールの遅延に気づいた龍之介からビデオ通話があり、こんなやり取りをした。

『は？　方法を変えて欲しい？　どういうことですか？』

案の定、龍之介は画面の向こうで不満の声を上げていた。

「えーと、あの……カーヌンのメールでご説明したとおりなのですが……」

茜音がマイクに向けて言うと、龍之介は被せ気味に切り返す。

『要求と謝罪は把握しました。ですが、方法を変えろという理由はなんでしょう？　なぜ、方法を変えたいんですか？』

「すみません、ちょっと、どう言えばいいんだろ。いろいろプライバシーに関わる部分で……」

我ながら、しどろもどろだった。普段はもっとテキパキしているのに。

龍之介を前にすると蛇ににらまれたカエルみたいになってしまう。

『まさか、ここまできてやっぱりやめますと、遠回しにそうおっしゃってるんですか？』

「いやいやいや、とんでもないです！　計画自体をやめようという意味じゃないです」

『どうやら、嘘を吐いているわけではなさそうですね。なぜ、理由を口にできないんですか？　誰かをかばっているとか？』

内心ドキッとした。

誰かをかばっている……そのとおりだ。かばっているのは茜音自身だけど。

龍之介はため息を吐き、額に落ちた前髪をさっと払った。そのとき、カフスから手首に巻かれたメタリックな腕時計がのぞく。

温かみのあるローズゴールドで文字盤の部分が黒く、気品を感じさせるデザインだ。アパレル業界にいる者なら誰もが知る、スイスの高級時計メーカーのものだった。価格はたしか数百万円するはず。

香水とか靴とか時計とか、小物のセンスがすごくいいなぁ。しかも、本人がそれに負けてないし……

アパレルに従事する者として、素直に称賛の念が湧いた。どんなに高級品を身に着けても、多くの人はそれに呑まれてしまう。

龍之介は別格だった。まるでグラビアを飾るトップモデルのように、目玉が飛び出るほど高価なものを、悠々と身にまとっている。小物たちも龍之介の魅力を引き出すため、喜んで役割を果たしているように見えた。生産者からすれば、苦労して生み出した商品をこういう上客に使ってもらうのは、冥利に尽きるはず。

そんな茜音の視線に気づかず、龍之介は考え込んで言った。

『すみません。少し言い過ぎました。我々はあくまでパートナーで対等です。ですから、私もなるべくあなたの意向に沿うよう、努力したいと思っています。これから長い付き合いになるわけですし』

「そうですね。ありがとうございます……」

『なので、できればあなたにも率直に話して頂きたいのです。別に取って食ったりしませんから。我々もいい歳ですし、お互い言えないことの一つや二つあるでしょうし……』

お互い言えないことの一つや二つ……？

自信に満ちた物言いから、急にゴニョゴニョと語気が弱まった。ということは、やはり……

「そうおっしゃるってことは、菱橋さんにもなにか、言えないことがあるんですか？」

言ってしまってから、踏み込みすぎたかな、と後悔する。プライバシーの侵害は茜音自身、一番されたくないことなのに……

龍之介は肘掛けに片肘を載せ、握った四本指に頬を押しつけ、頬杖をついた。

じっと見つめてくる画面越しの瞳が、青みがかったグレーであることに気づき、ドキッとする。

まだ仕事中らしい。役員室らしき洒落たインテリアをバックに、龍之介はネクタイを外し、第二ボタンまで開襟していた。斜めに走る首筋は太く、ゴツゴツした鎖骨がのぞいている。まくった袖から伸びる腕も筋肉質で、繊細な面差しとのギャップが好ましかった。

『まったくないと言えば、嘘になるでしょうね。ですが、契約にはまったく関係のない話です』

あくまで龍之介は淡々と言葉を続ける。

『あなたの秘密を洗いざらい話せ、と言ってるわけではありません。ただ単に、方法を変更する理由を知りたいだけです。これは契約に関わる重要な部分ですし、人工的な方法については最初に合意したはずですから』

「そ、そうですよね……。別に引っ張るつもりもないんですが、どう説明したらいいのか考えあぐねていたんです。くだらないと思われるかもしれませんが……」

こうなったら、核心部分はぼかして説明するしかない。

それから数分掛け、茜音はどうにか説明した。

話を全部聞き終えた龍之介は、ピクリと片眉を上げて聞き返す。

『……え？　怖い？』

「ごめんなさい。私、本当に生まれつき超がつく臆病者で……」

理解不能なことを懸命に思案する、といった表情で、龍之介はさらに聞いた。

『なにが怖いんです？　処置に伴う痛みが怖いとか、失敗が怖いとか、それとも道徳的に怖いとか？』

申し訳ない気持ちに襲われつつ、正直に言うしかない。

「全部、ですね。人工的な処置そのものも怖いし、当然痛みも怖いし、失敗するのももちろん怖いし、道徳的にはずっと迷いがあります」

『しかし、妊娠して出産するというのはそもそも……』

「そうなんです！　妊娠出産が尋常じゃない痛みを伴うのは理解しています！　だけど、クリニックで処置の説明を受けているうちに、すっかりおじけづいてしまって……。出産については覚悟を決めましたが、できれば妊娠だけは方法を変更したいなと思って」

ふざけるな！　と雷が落ちる気がして、身を固くして待つ。

予想に反し、龍之介は長いため息をはーっと吐いた。そして、物憂げに口を開く。

『わかりました。怖いというなら仕方ない。恐怖心を取り除くことなんて、私にはできません。それに、妊娠出産は女性にとって命懸けの行為です。金銭であがなえるようなものじゃない。私もなるべく桐ケ崎さんの意向に沿えるよう、努力すべきだと思い直しました』

希望の持てる言葉に、思わず顔を上げる。

「そうですか？　なら……」

龍之介は渋々といった様子でうなずいた。

『ええ、変更を受け入れます。あなたの望むとおり、自然な方法で構いません。まだ始まったばかりですし、これしきのことで計画を頓挫（とんざ）させたくない』

「ありがとうございます！　本当にありがとうございますっ！　よかったぁ……。もし、菱橋さんに断られたら、もうあきらめるしかないぞと思い詰めていたんです。よかったぁ……」

安堵（あんど）のあまりソファに倒れ込みたくなる。

すると、龍之介は硬い表情のまま言った。

『桐ケ崎さん、わかっていますか？　自然な方法をとるとはつまり、私と性交渉を持つということですよ？』

言葉が耳から入り、鋭く脳髄（のうずい）に刺さり、理解するまで数秒を要した。

不意に訪れる沈黙。

このとき龍之介は、怒っているような笑いを堪えているような、形容しがたい表情をしていた。

「あ……。そ、そうですよね。そういうことになりますよね……。今一瞬、失念してました」

言いながら、頬が熱くなっていく。

たしかに彼の言うとおりなんだけど、他にいろいろ懸念事項がありすぎて見落としていた。

『あなたのほうから変更を提案してきた、ということは大丈夫なんですね？』

しまった。全然考えてなかったぞ。

両手で口を押さえたポーズのまま、フリーズする。あのことを隠しとおすのに必死で、すっかり忘れていた。

自然な方法をとるとはつまり、彼とエッチするということ。

クリニックの処置を回避したところで、結局同じことだったわ……

『桐ケ崎さん？　わかっていますか？　大丈夫ですか？』

龍之介に念を押され、慌ててブンブン手を振った。

「だ、だっ、大丈夫ですよ！　大丈夫に決まってるじゃないですか！　大丈夫じゃなければ、そもそもこんな提案しませんよ！」

『……本当ですか？　私には「しまった、そこまで考えてなかった。ヤバイからとっさに誤魔化そうとした」という感情の流れが、見えた気がしたのですが？』

龍之介に半眼でにらまれ、図星すぎて冷や汗が噴き出す。

「き、気のせいですよ。すべて想定の範囲内です！　もちろん」

一難去ってまた一難だ。こうなったら、あのことを彼に話したほうがいいんだろうか？　話さないとマズイのは百も承知なんだけど……

ちょっと待てよ、と思い直す。もしかしたら、話さなくてもいけるかもしれない。ここでのカミングアウトは早計だ。

「とにかく、私のほうは大丈夫ですから。ご心配なさらないでください」

いろいろ大丈夫じゃないけど、そう言うしかなかった。

「菱橋さんのほうはどうですか？　そもそも菱橋さんがＮＧでしたら、自然な方法なんて不可能ですよね……？」

龍之介は眉をひそめ、メガネのブリッジを中指でそっと押さえた。メタリックなシルバーフレームが、知的な彼の雰囲気によく合っている。

ふと、彼の手に目を奪われた。

……あ、手。すごく大きいな……

指先から手首まで、茜音以上の長さがある。手の甲に浮き出ている、細長い骨の造形が美しい。指の一本一本がしなやかに伸び、少し節くれだっていた。切りそろえた爪は清潔で、手の甲にすーっと走る太い血管が、男らしい。

これほどまで綺麗な指に触れられたら、どんな感じがするんだろう……

喉の奥のほうで、チリッと渇望が疼き、少し触れてみたくなる。画面越しなのが、ひどく残念に思えた。

龍之介はすっとメガネを外した。レンズをたしかめるように、メガネをくるくる回したり、縦にしたり横にしたり、美しい指先でもてあそぶ。

繊細な指先の動きを、なんとなく目で追ってしまった。

ややあって、龍之介はふたたびメガネを掛けて言った。

『……俺は、大丈夫だけど』

あれ？　今、俺って言った？

語調の小さな変化に気づく。

さっきまで一人称は「私」じゃなかったっけ？

龍之介の視線は無機質で、その美貌からはなんの感情も読み取れない。

大丈夫、大丈夫。大丈夫ってことは……私とならエッチできますよって意味？

無性に恥ずかしくなり、顔だけでなく体中が熱くなる。

よくよく考えたら、恥ずかしいやり取りだ。先に茜音が「あなたとならエッチして大丈夫」と宣言し、龍之介が「俺もできる」と宣言し返したみたいな。いや、必要なことだからしょうがないんだけど……

こんなことで照れている場合じゃないのに、なぜか龍之介が相手だと調子が狂ってしまう。素敵だと思う部分も多いし嫌いじゃないのに、どうも苦手意識があった。

『それじゃあ、どうしようか？　いつにする？』

龍之介はスマートフォンを取り出し、長い指でそっとタップした。

美しい指先にあらぬ想像を掻き立てられ、ますます体が熱くなる。

いやいや、今はそれどころじゃないぞ、と必死で理性を掻き集めた。急にタメ口に変わり、距離が一気に縮まったようで、ヘドモドしてしまう。

昔からこのテのクールなイケメンは苦手だった。契約交渉やビジネスの場であれば楽勝なんだけど……

『どうする？　俺はいつでもいいけど』

龍之介は視線を上げ、重ねて問う。

「あっ、で、でしたら、月経の周期も関係してますので、クリニックの先生に確認しないと……」

『それもそうか。じゃ、そっちから連絡してくれる?』

「はい。タイミングがわかりましたら、私のほうから連絡します」

どうにかそれだけ答え、通話を切った。

◇

——茜音って美人だよね。それは絶対間違いないの。パッと見すごく華があるし、目鼻立ちくっきりでメイクも上手だし、服装もオシャレでよくも悪くも今風なんだよ。

こう評してくれたのは、親友の安藤朝美だ。

——社長で美人でオシャレでさ、性格もサバサバして頼りになるのはいいんだけど、ぶっちゃけ、隙がなさすぎるんだよなぁ。男の人ってほら、女性の弱いところに惹かれるって言うじゃない?

朝美の言うことは的(まと)を射ている。茜音だって、ほんわかして弱さのある女性は魅力的だと思うから。けど、そう簡単に自分の性格は変えられない。「はい。それじゃあ、今から弱くなってください」と指をパチンと鳴らし、とたんに隙と弱さに溢れた女性に変身できるなら、苦労はしないのだ。

——茜音が海外の精子バンクに駆け込むぐらいなら……と思って、菱橋君を紹介したものの、よかったのかなって今でも悩むよ。菱橋君と茜音って、まあまあお似合いじゃないかと思ったのはたしかなんだけど。

紹介してくれた朝美には心から感謝している。お似合いかは契約に関係ないし、成功するかどうかは二人の手腕に掛かっているし。仮にうまくいかなかったとしても、朝美に責任はまったくない。

龍之介について聞くと、朝美はこう答えた。

——私がこれまで出会ってきた男性の中でダントツで頭がよくてルックスも抜群、名家の出身で申し分なし。だから、遺伝子だけ見たらこれ以上にない人だと思う。

さらに大企業のＣＥＯで超がつく資産家。むしろ、欠点を見つけるほうが難しい。

——でも、実は私も、菱橋君のことをよく知らないの。あまり自分のことを話さない人だったし。ただ、昔は人懐っこくて少年みたいな人だったのに、銀行に入ってから……違うな。ＣＥＯになってから、すごく変わった印象があるなぁ。

人懐っこい？　あれの、どこが？　たしかに紳士的で礼儀正しいけど、それは親しみや人懐っこさからは対極にあるような……

——そうなんだよね。最近は茜音の言うように、人間味が薄くなったっていうか……心を開いてくれなくなった、かな？　警戒心が強くなって冷たくなった感じ。まあ、あれほどの地位を築いたなら、仕方ないことかもしれないけど……

以上が、朝美から聞き出せた情報のすべてだ。目新しさはなかったけど、一つだけ気になる点があった。

ＣＥＯになってから、すごく変わった……

いったいなにが彼を変えたの？

仕事に忙殺されたせいなのか、ありあまる資産に群がる人々を見て疲れてしまったのか、あるいはCEOという地位が彼を傲慢にし、温かみを奪ったのか……

最後についてはは「否」と声を大にして言いたい。茜音も運よく経営者になれたけど、ヒラ販売員だった頃と今を比べ、茜音自身はまったく変わっていないと断言できる。肩書きがよくなったぐらいで、ホイホイと人は変われないものだ。

なら、他になにか原因があるのかな？　菱橋さんを変えたもの……

考察はここで止まってしまう。これ以上彼について知りたければ、直接本人に聞くしかない。


茜音は基礎体温を測り、クリニックで妊娠しやすい日を割り出してもらった。

約束どおり、龍之介に日程を告げると、意外な返事が返ってくる。

——都心だと人目があるから、郊外に出ないか？

まさかの二泊三日の小旅行。栃木県の奥日光にあるという、龍之介が所有する別荘に誘われた。

わざわざ奥日光まで？　都内のホテルか、どちらかのマンションでよくない……？

過剰なセキュリティ意識、というワードがふたたび脳裏をよぎる。会ったり連絡したりするのに、ここまでビクビクしていたら、なにもできない。それこそ、マスコミの思うツボだ。

それとも、恐れているのはマスコミじゃなくて、なにか別のものとか……？

龍之介の意志は固く、結局別荘へ行くことに決まった。恋人じゃあるまいし、二人きりで旅行するのは複雑な気持ちだった。計画のためには必要かもしれないけど……

そんな茜音の胸中を察してか、龍之介はこう付け加えた。

――あまり深く考えず、お互い息抜きしないか？　たまには自然の多いところで、友人同士の気楽な旅行として。

そこまで言われたら、特に異論もなかった。もっとお互いを知ったほうが今後のためになるし、会ってすぐやることだけやってはい解散、というのも嫌だし。その点、彼も同じ考えなのがわかり、ほっとした。

あの菱橋さんと二人きりで旅行かぁ……。緊張しそうだけど……

楽しいような怖いような、そわそわと落ち着かない一週間を過ごす。幸い新プロジェクトの立ち上げで忙しく、あっという間に時間は流れた。

とうとうやってきた週末。

直前になって三回も待ち合わせ場所を変えさせられ、あまりに強すぎる龍之介の警戒心に、さすがの茜音もげんなりした。

菱橋さん、実は某国のスパイ説、ガチなのかも。ここまでくるとさ、もうセキュリティ意識とかじゃなくない？　なにがしかの病気じゃない？　けど、健康診断書には書いてなかったよなぁ……

内心でぶつくさ愚痴りつつ、ＪＲ中野駅南口のロータリーで小さなスーツケースを手に、龍之介の迎えを待った。

早朝六時前。遠くからでも聞き分けられる不穏なエンジン音とともに、それは現れた。

朝日を浴びてきらめく、流線形のボディ。車に詳しくない茜音も知っている、イタリアのスポーツカーだ。深みのあるメタリックゴールドが、控え目なのに気品があって力強く、異国の砂漠をほうふつさせた。

　折りたたんだ翼を広げるように、ドアが上にスライドしながら開き、車というよりスペースシャトルみたいだ。龍之介が降りてきて、スーツケースをトランクに積んでくれた。

　助手席に乗り込むと車高は低く、中はずらりと計器に囲まれ、コックピットと呼ぶほうがふさわしい。

　これは完全に『ハーデスト・ミッションズ』ね、と茜音はワクワクした。『ハーデスト・ミッションズ』とは今世界中でメガヒットし、世界歴代興行収入ランキングの上位に食い込んでいる、アメリカのスパイアクション映画だ。洋画大好きな茜音はもちろん大ファンだし、シリーズのＤＶＤはすべて持っているし、劇場の来場者特典であるクリアファイルとうちわは大切に飾ってある。

『ハーデスト・ミッションズ』には秘密を抱えたＣＥＯが登場し、ハイレベルのセキュリティで守られている。しかし、命を狙われる彼は、愛車の最高級スポーツカーで壮絶なカーチェイスを繰り広げ、激しい銃撃戦と胸躍るアクションで観客を魅了するのだ。

　そして、ミステリアスなＣＥＯの正体は、秘密組織のエージェント！

「……合言葉は？」

　シートベルトを締めながら茜音が言うと、龍之介は侮蔑も露わに「は？」と返してきた。

　なるほど。冗談はまったく通じない、と……

　スパイごっこが完全にスルーされ、一抹の寂しさを覚えながら丁重に「おはようございます」と言い直すと、龍之介は「おはよう」と冷ややかに言った。

今日の龍之介は、ボディラインがはっきりわかるタイトなカットソーに、爽やかな白いジャケットを羽織り、テーパードパンツがとても似合っている。黒髪は無造作に下ろし、スーツ姿のときより少年ぽく見えた。

へえ……すっごい素敵かも。スーツ姿も格好よかったけど、今のほうがはるかに……

少し鼓動が速まっているのは、緊張のせいだけじゃないかもしれない。顔かたちの美麗さや着こなしの妙味（みょうみ）に惹きつけられ、彼から視線を引き剥（は）がすのに苦労した。

これほどまで格好よすぎると、釣り合う女性を探すのも大変だろうなぁ……

イケメンすぎるがゆえの苦労はありそうだ。何事もほどほどがいいと言うけど、茜音みたいに出会いがなさすぎてもダメだし、彼みたいにモテすぎてもダメだし、針が振りきれた者同士なのかもしれない。

意外にも龍之介は運転がうまかった。怪獣の咆哮（ほうこう）みたいなエンジン音を響かせ、暴れ馬をいさめるがごとく悠々（ゆうゆう）と乗りこなしている。どこにギアがあるのかわからないけど、龍之介はボタンやパッドに触れながらうまくシフトアップしているらしい。

シートは体にフィットして乗り心地は抜群だし、運転は安心して任せられた。

早朝だからか、道は混んでいない。車は首都高中央環状線に入った。このまま池袋（いけぶくろ）方面へ向かい、川口（かわぐち）経由で東北自動車道に行くらしい。

さっきまで晴れていたのに、ポツポツと雨が降りはじめた。龍之介は進行方向を見据え、茜音は車窓に視線を漂わせている。

車内には沈黙が降り、ワイパーがフロントガラスを拭う音だけが響く。

「少し、警戒しすぎじゃないですか？」

先に沈黙を破ったのは茜音だった。

龍之介は「え？」と横目で茜音を見て、問い返す。

「それは、警備上の安全対策のこと？」

ちゃんとわかってるじゃない、と思いつつ茜音は「そうです」と答えた。

「菱橋さんほどの地位になると仕方ないかもしれないですけど……」

「龍之介、でいいよ。いつまでも名字で呼ばれると堅苦しいし」

「なら、龍之介さん、で」

「うん」

「その、警戒する気持ちはわかるんですけど、ちょっとやり過ぎかなって……。気にしすぎて日常生活に支障をきたしたら、それこそ本末転倒ですよ。プライバシーが多少、マスコミやネットに漏れたとしても、そこまで悪いことにはならないんじゃないかなって」

チラリと龍之介を見ると、険しい表情で進行方向をにらみつけている。

しばらくして、龍之介は重い口を開いた。

「別に、マスコミを警戒してるわけじゃない」

「なら、いったいなにを……」

「そのことなんだけどさ」

鋭い口調にさえぎられ、びっくりする。

龍之介は少し声のトーンを落とし、続けた。

「詳しく言わなきゃいけないかな？　ちょっと、いろいろと事情があるんだ。だが、契約には直接関係ないことだし、話す必要はないと思ってる。前も言ったと思うが」

「もちろん、絶対話さなきゃいけないことなんて、ありませんけど……」

「ちょっと、説明が難しいんだが……」

龍之介は苦々しく美貌を歪め、言葉を選びながら言う。

「別にやましいことがあるわけじゃない。極力君に迷惑は掛けたくないし、かかる負担は全部俺が持とう。それに、これは君自身を守るためでもあるんだ」

「私自身を守るため？　どういうことですか？　なにか危険があるってこと？」

「安全か危険かで言えば、危険だと言っておくよ。何度も言うが、君には関係のない話だ。深く知ろうとしなければね」

そんな風に言われると、余計気になってしまう。

「これ以上は、詮索無用」

ピシャリと言い放つ龍之介。

その冷たい横顔は、あらゆる探りをシャットアウトしていた。

「なら、最後に一つだけいいですか？　その件は今回、龍之介さんが契約を結ぼうとした動機に関係ありますか？」

すると、龍之介は眼球だけをギョロリと動かし、茜音を横目で見た。

「勘が鋭いね。そのとおりだよ」

ふたたび降りる沈黙。

契約には直接関係ない。やましいことじゃない。私を守るため。安全か危険かで言えば、危険。

今回の契約を結んだ動機に関係アリ……

足りない脳みそを絞ってあれこれ考えてみたけど、さっぱりわからない。

自然と深いため息が出てしまう。

なんか……。とてもじゃないけど、今から二人で子作りする雰囲気じゃないよねぇ……

本当に彼とそんなこと、できるんだろうか？

ここで、龍之介といたす流れを想像してみる。何事もイメージトレーニングは重要だ。

まず、二人きりになる。そして、寝室に行き、服を脱ぎ、灯りを消し、それで……

あれ？　と首を傾げる。シャワーはいつ浴びるんだろう？　事前？　それとも、事後？

会話はどうしよう？　どっちが主導で進むの？　キスとかしたりするのかな……

横目で彼を盗み見し、こんなに綺麗な男性と本当にするの？　と信じられなくなる。キリッと精悍な彼が、エッチなことをする姿が、まったく想像つかなかった。

どうしよう。めちゃくちゃドキドキしてきちゃった！　失敗したら、どうしよう？

一人で手に汗握り、はやる鼓動を抑えようとする。

「方法を変更しようって言われて、俺も正直、結構悩んだんだ」

唐突に龍之介がつぶやいたので、はっとして彼を見た。

「だが、大変なのはお互いさまだし、やるべきだと思った。このまま仕事に明け暮れていたら、あっという間に時期を逃してしまう。俺らのやろうとしていることは間違っているかもしれないけど、なりゆきに任せてみないか？　君も経営者ならわかるだろう？　ときには、そういうのが必要だってこと」

そういうの……

「なりゆきに任せることですか？」

「うん、そう。目を閉じてさ、頭を空っぽにするんだ。すべてを捨てて、丸裸になったつもりで、ゴウゴウと音を立てる渦の中に、思いきって身を投げる……」

この言葉には、思い当たるところがあった。

会社を経営していると、そういう局面が何度も訪れる。失敗や損失から逃げてばかりいたら、なにもはじまらないのだ。

「つまり、考えるな。感じろ！　ってことですか？」

それを聞くと、龍之介はうれしそうに微笑んだ。

「うまいこと言うね。そういうこと。深く考えずにアホになろうか」

その言葉に、思わず笑ってしまう。

やっぱりこの人はあなどれないな、と思った。人の心を掴むのがうまい。そして、パートナーをその気にさせるのも。

少しだけ、気分が軽くなったような気がする。

いつの間にか緑が増え、東北自動車道に入っていた。蕭々と降りしきる雨の中、山あいの高速道路をスポーツカーは突き抜けていく。

車は日光宇都宮道路の清滝インターチェンジで降り、ヘアピンカーブだらけのいろは坂を上り、中禅寺湖を左に見てさらに北上する。雄大な男体山をのぞみ、戦場ケ原をとおり抜けたところで、まだ奥へ行くのかなと茜音が思いはじめた頃、龍之介は小さな側道へハンドルを切った。

別荘は、湯ノ湖を見下ろす静かな高台にあった。

色がまだらのレンガが積み上げられた建物で、ゴシック建築を模したものらしい。鬱蒼とした木々の間から現れたそれは、ヨーロッパの古城を思わせた。

砂利の敷かれたアプローチで車を降り、茜音は大きな建物を見上げ、心から絶賛した。

「うわああ……。すっごく素敵な別荘ですね。雰囲気があって……」

ニューヨーク州スリーピー・ホロウの画家が所有していた保養所を買い取り、リノベーションしたのだと、龍之介は語った。その画家は茜音も知る人物で、アメリカ合衆国の名門一族、ロックウェル家の第四代当主であり、親日家として知られている。

「菱橋様、お疲れ様でございました。お食事の準備はできております」

かっちりしたウェイトレスの制服を着た、年配の女性が出迎えた。

五十代後半ぐらいだろうか。ひっつめた髪には白髪が混じり、目尻の皺が温厚そうだ。

「ここの管理をしてくださっている中森さん。ここに滞在中は中森さんのお世話になるから」

龍之介に紹介された中森は、深々と頭を下げた。

「よろしくお願いいたします。なんなりとお申しつけくださいませ」

「こちらこそよろしくお願いします」

茜音も慌てて礼を返す。

すると、龍之介と中森はひそひそとやり取りしはじめた。

「大丈夫だった？」

龍之介が問うと、中森は緊張した面持ちで言う。

「はい、問題ありません。現れなかったようです」

耳をそばだてていた茜音に、しっかりと聞こえた。

んん？　現れなかった？　……誰が？

「じゃ、先に邸内を案内するから」

中へ入るよううながされ、なにも聞こえなかったフリをし、彼のあとに続いた。

「中森さんは夜にはいなくなるから」

さりげなく耳打ちされた艶っぽい響きに、どうしようもなくドキドキする。

邸内はため息が出てしまうほど、贅(ぜい)の凝らされた空間だった。

まずは、広々としたリビング。目にまぶしい真っ白なカバーが掛けられたソファが、爽やかなチークのテーブルをぐるりと囲み、何十人もくつろげそうだ。

西側の壁はすべて取り払われ、湖に向かってリゾート風のウッドテラスが繋がっている。

軽く十人は座れるダイニングには、薔薇の蕾のようなシャンデリアが、用意された二人分の銀食器を照らしていた。

「一階に屋内のヒノキ風呂、二階に露天風呂があるんだ。どちらも、源泉掛け流し」

龍之介の説明に、茜音は内心大喜びだ。しかも、立派なサウナと水風呂にジャグジーも付いているし！

ベッドルームは数えきれないほどあった。露天風呂付きのものと和室も含めると、六つか七つか。キッチンは、シェフが調理の真っ最中ということで立ち入り禁止だったが、古今東西のワインで埋め尽くされたワインセラー、ビリヤードが楽しめるプレイルームにシアタールーム、さらにリビングの一角を低くし、暖炉を備えたシガースペース、地下にはトレーニングマシンのあるジムとスカッシュコートがあった。

一部屋ずつ案内されるたび、感嘆せずにはいられない。豪邸を紹介する住宅情報番組の、インタビュアーになった気分だった。

「そんなにめずらしくもないだろ。リアクションが大げさすぎないか？」

冷ややかに言う龍之介に、茜音はぶんぶん手を振ってみせる。

「とんでもない！　私は庶民派ですから、これほどまでゴージャスな別荘はさすがに経験ないです」

ダイニングに戻り、腕のいいシェフがこしらえたという、フレンチのコース料理を食べた。

見た目の美しさも、味の繊細さも、かつてないほど素晴らしく、すっかり感動してしまう。龍之介クラスになると、神様みたいな腕を持ったレジェンド・シェフが、世界中どこにでもついてくるらしい。

それから数時間後、茜音は独り二階の露天風呂から、湯ノ湖をはるかに眺めていた。

別荘は高台の斜面に建っているため、視界をさえぎるものはなにもなく、湯ノ湖の全貌をじっくり観賞できる。男体山や温泉ケ岳、金精山といった山々に抱きかかえられるように湯ノ湖がある。

それは、胸に迫ってくる絶景だった。

霧が出てきたのか、山頂は白く覆われ、深い緑とも群青ともつかない湖面には、サァーッと小雨が降り注いでいる。深い静寂に包まれ、時折、鳥の鳴き声と葉擦れの音がかすかに響いた。

空気は澄み渡り、湖の精霊が降臨したかのような、幽玄の世界がそこにある。

ここの標高は千四百メートルを超え、気温はぐっと下がって秋の終わりぐらいの気候だ。冷たい空気が火照った肌に心地よい。覆いや遮蔽壁がうまく設計されており、全裸で立っていても誰かに見られる心配はなかった。呼吸するたび、体の隅々まで浄化されていく気がする。

ゆっくり緑を眺めるのはひさしぶりだった。日々がせわしなく頭がビジネスモードになっていると、四季の移り変わりや自然の恵みに無頓着になる。感覚は鈍くなり、今の季節ってなんだっけ？と思うことも少なくない。

それにしても、昼間のアレは……。

別荘に着いたときの、龍之介と中森のやり取りが気になる。

——はい、問題ありません。現れなかったようです。

このときの、二人の緊張した面持ち。「現れなかった」と聞き、龍之介はホッとしているように見えた。ということは、つまり……

誰かが現れるのを、恐れていた？　やっぱり、芸能記者とか？

——別に、マスコミを警戒してるわけじゃない。

ここへ来る道中、そう言ったのは龍之介だ。なら、マスコミ関係者ではない、別の誰か……？

「やっぱり、某国のスパイ説がガチ？　うぅ……寒っ！」

体が冷えてきたので、数歩下がってふたたび温泉につかった。

乳白色のお湯は少し硫黄(いおう)の匂いがし、体の芯から温まっていく。心地よさのあまり、腹の底から深いため息が出た。

「あああああああったかぁ～い！　もおおお、最高……」

独り言は、しっとりした空気に溶けていく。

まあ、考えてもしょうがないか。彼が言うとおり、私には関係ないみたいだし……

雨の湯ノ湖はいつまで見ていても、飽きることはなかった。温泉につかったり、浴槽の傍にあるカウチに寝そべったりを繰り返しているうちに、時間はまたたく間に過ぎていく。

ランチが終わったあと、龍之介は書斎で残った仕事を片づけると言った。夕方まで自由時間で、例の〝夜の予定〟はディナーのあとだ。

覚悟が決まったわけじゃない。この段階にきてもまだ、心に迷いは渦巻いていた。

龍之介はこの不安に気づいたんだろうか？　ランチのあとに距離を置いたのは、彼なりの気遣いに思える。

――深く考えずにアホになろうか。

この言葉を思い出すと、心が少し軽くなった。

◇

ベッドルームのドアを閉めた音がやけに響き、茜音ははっと顔を上げた。

龍之介の声は少し硬く、茜音のほうを見向きもしない。

「さて、このあとどうしようか？」

ヘッドボードにつけられた間接照明が、彼の高い鼻梁（びりょう）から唇のラインを淡く縁取（ふちど）っていた。

……お。めずらしく、神経質になってる？

茜音はそう見て取った。どんなことにも感情を動かさない氷の男が、緊張して動揺している。

逆に茜音は、自分でも驚くほど落ち着いていた。

ベッドルームは和風インテリアの広い間取りで、キングサイズのベッドがドドンと鎮座（ちんざ）している。掃き出し窓から、先ほど茜音が入っていた露天風呂のカウチが見えた。ここから歩いて行ける造りになっているらしい。

茜音はガウンを羽織り、秘密兵器を隠していた。このエスニック柄のロングガウンは、前のボタンを留めればロングワンピースにもなり、ディナーや外歩きに行ける便利なデザインだ。吸水性と速乾性に優れ、温泉やプールなどのリゾート地で重宝する、ボニーズスタイルの人気商品だった。

「そうですねぇ。もう私はシャワーも浴びたし、特にこれ以上やることは……」

「俺もさっき浴びた」

「なら、準備万端かな。さっとやって、パッと終わらせちゃいましょうか？」

冗談めかして言うと、龍之介は眉をひそめ、冷ややかな一瞥をくれる。

「随分な言い草だな。そっちは慣れてるかもしれないけど、俺はこういうのは初めてなんだ」

トゲのある言いかたに、肩をすくめるしかない。

「別に慣れてるわけじゃないけど……。ここでいきなり感情的になるのはなしですよ。これは契約なんだし、極めてドライな展開になることは、最初からわかっていたでしょう？」

「それはそうだが、もう少し言いようがあるだろう？」

「イライラされても困ります。私に八つ当たりしたってむだだし。お互いのせいにしないように協力しましょうって、約束したじゃないですか」

「それはそうだが……」

龍之介は頭をくしゃくしゃと掻きむしった。あきらかに動揺している。

「そんなに難しいことじゃないんだし、とっとと終わらせて自由になりましょうよ。苦手なものは先に終わらせるべし」

「とっとと終わらせてって……簡単に言うなよ。歯の治療じゃないんだぞ」

龍之介が動揺すればするほど、茜音は落ち着いていった。

あれ。なんか、意外と頼りない？　さっきまでの俺様キャラ、崩壊してない？

完全無欠のＣＥＯが垣間見せる、頼りない一面。ちょっと可愛いと思ってしまったかも……

「なら、どうします？　今日はやめておきますか？　イライラされても嫌ですし、こういうのは男性がダメなら成し得ない行為ですし……」

龍之介は、さっと頬を紅潮させた。

「ダメだなんて言ってないだろ。慣れないから少し緊張しているだけだ」

「なら、頑張りましょっか」

さあ、ここで秘密兵器の御開帳だ！

えいやっ、とロングガウンを脱ぎ去る。なにかＢＧＭでも流したいところだけど、設備がないからしょうがない。

龍之介がこちらを振り返り、石像のように固まった。

そこで、ピタッと時間が止まる。仁王立ちをする茜音と、それを見つめたまま動かない龍之介。

なにを隠そう、秘密兵器とはこのシースルー・ベビードールのことである。我がボニーズスタイルの主力商品で、値段は都内で働くＯＬの月収約一か月分と、かなりお高めだ。

ゴージャスな総レース仕立てで、ボディ全体にリボンを結ぶようなデザインになっている。胸の蕾をかろうじて覆う、細いレースがバストを斜めに走り、みぞおちに小さなリボンがあり、そこから腰骨に向かってレース生地が垂れ下がり、ぐるりとお尻を囲んでいる。

囲んでいるといっても透け透けだし、みぞおちから臍の辺りは丸見え、背中はばっくり開いていいるので、全裸とほぼ変わらない。同じデザインのGストリング、いわゆるひも状ショーツもセットで販売されており、それも着けていた。

我が社が自信を持ってオススメする、エロス・オブ・エロスの勝負下着。バストに絡みついたレースを、胸の蕾（つぼみ）が押し上げているのが艶（なま）めかしさの極み。あばらが露出しているから、ウェストがくびれて見えるし、レースの割れ目からのぞくお臍（へそ）が、さらにエロスを演出してくれる……はず。

「それ、どういうつもり？」

龍之介の氷のような声が、地獄の底から響いた。ように聞こえた。

ん？　もしかして、お気に召しませんでした……？

「あのー、サポートしようと思いまして。アシストというか」

一応説明すると、龍之介はぴくりと片眉を動かした。

「……アシスト？　俺のことを？」

「すべてを龍之介さんにお任せするのもアレですし、私もなにかできることはないかな～と考えまして……。少しでも龍之介さんがナイスゴールを決めるための、アシストになればと」

サッカーにたとえるとは、我ながらうますぎると思っていると、龍之介は眉間に皺（しわ）を寄せた。

あれ。もしかして、あきれられちゃった……？　ちょっとこのベビードールじゃ、セクシーが過ぎたかな？

おもむろに、龍之介は着ている服を脱ぎはじめた。ヤケクソになったように、脱いだ服を一枚ずつ床に叩きつけている。

あっという間に、彼はボクサーショーツだけになり、茜音は思わず息を呑んだ。

惚れ惚れするような肉体美がそこにあった。予想よりはるかに引き締まった体つきで、上腕筋がしなやかに隆起し、丸く膨らんだ胸筋を薄い体毛が覆っている。肩幅はがっしりと広く、腹筋も見るからに硬そうで、むだなぜい肉はいっさいない。マッチョ過ぎるしつこさはなく、女性なら誰もがひと目見て「素敵！」とテンションが上がるぐらいの、理想的な鍛えかただった。

これほどまで均整の取れた、筋肉美を誇る男性を見たことがない。ぶしつけとは知りつつ、じろじろ眺めていると、龍之介は酷薄な笑みを浮かべた。

「……慣れてるんだろ？　こういうの」

言いながら、龍之介は大股で近づいてくる。

……な、なんで彼は急に怒っているわけ？

なすすべもなく棒立ちになっていると、目の前まで来た龍之介に、素早く手首を掴まれた。

その握力の強さに、ドキリとする。

握られた手首が、ひどく熱い。

「なら、さっとやって、パッと終わらせようか。君の言ったとおりさ」

低い声は残忍に響く。

こちらを見下ろし、口角を上げる妖艶な美貌。

そのとき襲われた感情が、恐怖か興奮かわからないまま、背筋がゾクッと粟立った。

◇　◇　◇

焼けるような素肌の熱さに、茜音は呼吸を止めた。

……うあっ……。熱いっ……

頬が、弾力ある胸板に当たり、ふわふわした体毛にくすぐられる。すぐそこで、龍之介の鼓動が轟いていた。

それ以上に、自分の心臓のほうが爆発しそうだ。

うっとりするような香りに包まれ、まぶたの裏側がくらりとする。

上品なオードトワレに、野性的な匂いが混じったようないい香り。鼻いっぱい吸い込むと、下腹部の芯に小さな火が灯る心地がした。

背中に置かれた龍之介の手がするりと下がり、ちょうど腰の中心にきたと思ったら、ぐっと力が込められ、彼の股間が密着する。

思わず、茜音は目を見開いた。

……あっ。こ、これは、もしや……？

きゃーっ、と声を上げそうになるのを、すんでのところで耐える。

彼のものは硬く大きく膨らみ、下腹部をぐいぐい押してきた。さらに腰を抱く手は力を入れ、容赦なくそれを押しつけてくる。

わわわ、わかった、わかったってば！　こんなにガチガチなら、心配することなさそう。あとはさくっと終わらせてくれれば……

冷静でいようとしても、ドキドキしすぎて目が回りそうだった。

硬く怒張したものと、あまりに高すぎる体温が、彼の感じている興奮を生々しく伝えてくる。震えるほどの興奮に感染し、こちらもとんでもないテンションになっていた。

いったいなにが彼をこんなに興奮させているのかわからない。自分がなぜ、こんなにドキドキしているのかも。

嫌悪感はまったくない。堪らなくセクシーないい香りと、たくましい筋肉の熱に包まれ、失神しそうなほど心地よかった。

うん。なんか想像していたより、はるかに素敵かも。この感じなら、そんなにひどい事態にはならなそう……

おずおずと彼の背中に両腕を回すと、がっしりした体躯はかなり厚みがあり、男らしくて好感度が上がる。

心なしか彼の呼吸が、荒い。

「……慣れてるんだろ？　こういうの」

声は挑発するように、意地悪く響く。彼はすでに、礼儀正しい男の仮面を取り去っていた。

いや、慣れていないどころか、まったく経験もないっていうか、なんというか……

どう答えようかぐるぐる考えていると、龍之介はどんどん大胆になってきた。腰にあった彼の手がさらに下り、ベビードールの裾の内側に入ってきて、さわさわとお尻を撫で回す。

……ん？　んんっ？　ちょ、ちょっと……？

大きな手のひらは、曲線をたしかめるように、お尻の表面をじわじわと這っていく……

触れかたがひどくいやらしく、さながら痴漢でもされているみたいで、くすぐったさに四肢がふるふる震えた。

けど、嫌じゃなくて。すごくいやらしいんだけど、背徳感混じりの妙な快感があって……

彼の触れたところから、産毛が逆立つような刺激が生まれる。もっとしっかり触れて欲しくて、もどかしさが募った。

手のひらはゆっくり円を描きながら、舐めるように肌の表面を滑っていく……

指先はやがてお尻の谷間に侵入し、後孔をやんわり掠めたあと、秘裂の割れ目に到達した。花びらの内側をまさぐられ、腰がピクンッ、と跳ねてしまう。

「……あれ。ここ、まだまだじゃない？　そっちも準備できてるのかと思ったけど」

冷淡な声とは裏腹に、指先は花びらを一枚ずつめくり、割れ目をそろそろと愛撫しはじめた。

感じやすいところに触れられ、背筋に震えが走り、変な声が漏れそうになる。

くちゅくちゅ、ぴちゅっと、かすかな水音が響き出す。

ん、ちょ、ちょっと、くすぐったっ……ていうか、あぁ……

ソフトなタッチが、気持ちよすぎて腰が抜けそう……

だんだん水音は大きくなり、腿の内側をぬるい液が伝い落ちた。

未経験の刺激に翻弄され、膝はガクガクと笑い、倒れないよう必死で彼にしがみつく。

彼は屈強な片腕で茜音を悠々と支えながら、信じられないほどいやらしい責め苦を与え続けた。

「ちょ、ちょっと待っ……わたしっ……」

体に力が入らない上に、がっしり抱きかかえられ、簡単に逃げられない！

そうこうするうちに、指先は奥にある小さな花芽を探し当て、そろりと撫でた。

うわっ。うわわわっ……！

じんじんする刺激に耐えきれず、反射的に背筋が、ビッと伸びた。

しかし、彼の指はそこから撤退せず、花芽をしっかり捕らえている。

「……足、もっと開けよ」

色っぽい声でそう命じられ、なぜか逆らえない。

従順なロボットみたいに、膝を震わせながらどうにか足を開いた。

すると、指先は卑猥に蠢き、小さな花芽をクリクリと押し回しはじめる……

「もっと、力抜けよ」

「あ、んっ、だ、だって……あ……」

柔らかいタッチで花芽を擦られ、いやがおうでも、うねりがせり上がってくる。

こんなところ、自分で触ったこともない。ひりつくような快感に間断なく襲われ、なにがどうなっているのか、自分でもわからなかった。

怖いんだけど超気持ちよくて、やめて欲しくないけど恥ずかしくて、ただ彼にすがりつくしかできない。

そのとき、別の指が蜜口から中へ、ぬるりと滑り込んできた。

冷えた指が膣内の粘膜に触れ、んんっ、と息を呑む。

蜜口は粘りけのある蜜にまみれており、長い指は難なく奥まで、ずぶずぶと挿し入った。

指のゴツゴツと骨ばった形が、クリアに感じとれる。

指はまるで男根がそうするように、奥のほうの媚肉をにゅるにゅる擦りはじめた。

「……っ！」

なっ、なにこれっ……。き、気持ちよすぎて、ヤバイッ……

指は巧みに花芽をもてあそび、同時に別の指が媚肉を揺さぶり、蜜が掻き出される。

どの指がどうなっているか、さっぱりわからないけど、現状を分析している余裕はなかった。

熱を帯(お)びた媚肉が、ひんやりした指を少しずつ温めていく……

媚肉を掻いている指が、だんだん同じ温度になっていくのが、無性にドキドキした。

「とろとろのぐちゃぐちゃだ。ほら……」

彼はわざと指を激しく出し入れし、ぶちゃっ、ぐちゃっ、と音を立ててみせる。

ちょ、ちょっと、やめて……

恥ずかしいのに、「あっ」とか「うぅ」しか声が出ない。次々に迫りくる快感の波に、意識までさらわれてしまいそうだ。

のけぞった姿勢で体に力が入らず、左足だけツタのように彼の腿(もも)に絡ませ、まるでタンゴでも踊っている状態だ。彼に抱えられながら、大きく開いた秘裂をいいように蹂躙され、ひたすら蜜を溢れさせた。

「威勢がよかったわりには、追い込まれるのが早くないか？　まだまだこんなもんじゃないだろ？」

冷笑しながら快感を送り込んでくる彼が、もう悪魔にしか見えない。

……た、体勢がキツイんだけど、き、気持ち……よくて……イッちゃう……

奥まで潜り込んだ指の腹が、ずるりっ、と敏感なポイントを抉る。同時に、硬くなった花芽をつままれ、きゅっと押し潰された。

すぐそこまで迫った大きなうねりが、腰の内側で白く弾ける。

「……あくっ。……あぁぅっ……！」

ビクビクッ、と我知らず腰が痙攣し、絶頂に達した。

……な、なにこれ。……死んじゃいそう……ああ……

あまりの気持ちのよさに、媚肉で彼の指を締めつけ、意識がぼんやり遠のいていく……

どろり、と恥ずかしいほど大量の蜜が溢れ、足首まで流れ落ちた。

糸の切れた人形のようにくたっとした体を、片腕で楽々と抱え上げる彼が憎らしい。

モヤがかかった視界に、こちらをじっと見下ろす龍之介の美貌が映った。

「……大丈夫？」

心配そうにのぞき込まれても、肩で息をすることしかできない。

「じゃあ、ベッドに行こうか？」

先ほどまでとは打って変わって、いたわるような眼差しと声音（こわね）。

初めて見せられた優しさに、なぜか胸がきゅんと切なくなった。

龍之介は軽々と茜音をお姫様抱っこし、ベッドにそっと横たえさせる。

仰向けになり、両膝（りょうひざ）を立てた茜音は、龍之介を見上げた。

彼は膝立（ひざだ）ちで片腕をマットにつき、茜音の体を眺めている。その、じっと身を潜（ひそ）めているようなさまが、これから獲物を仕留めようとする、ネコ科の肉食獣を思い起こさせた。ヒョウとかライオンとか、そういうやつ……

彼の上腕筋は滑らかに盛り上がっていた。肘から先の筋肉に続いている稜線（りょうせん）を、つい目でなぞってしまう。

メガネの奥にある目元は、相変わらず涼しげだった。まぶたを少し伏せ、じっと見入る灰色の瞳に、昏（くら）い熱がこもっていて、それが茜音を黙らせる。茶化したり挑発したりするのは、許されない気がした。

龍之介さん、なんか……いつもと全然違う。別人みたい……

こんなにも激しく、これほどまで劣情（れつじょう）を露（あら）わにした視線にさらされた経験は、ない。不思議と気分は高揚し、自分がすごく魅力的な女性に変身したような錯覚に陥（おちい）った。

舐めるような熱視線が肌を照射し、そこが火傷（やけど）したみたいにひりひりする。

絶頂の余韻はまだ、体にまとわりついていた。頭はボーッとし、秘裂のひりつく感じは抜けず、肌のあちこちが鋭敏になっている。

ひんやりしたシーツが火照った肌に心地よかった。上質な柔軟剤を使っているのか、アロマのようないい香りがする。

「……ここ、すごい勃ってる」

胸の蕾が石のように硬くなり、ベビードールの薄いレースを押し上げていた。

両方の胸の蕾をきゅっとつままれ、「うぅっ」と声が漏れてしまう。大きな手がレースの生地ごと乳房をわしづかみ、いやらしく揉みはじめた。

……あ。ちょ、ちょっと……そこは……

「ここ、すっごい綺麗だな……」

純粋に感心する声に、体が熱くなる。

褒められるのはうれしいけど、それ以上に恥ずかしいよ……

骨ばった指で蕾を愛撫され、恍惚となった。乳頭の敏感なところを、指先がそろりと掠めるたび、細い電流がチリッと流れる。

こうして揉まれるのも嫌じゃなくて、レース越しの接触がもどかしく、直に触れて欲しい渇望が芽吹く……

あ、な、なんか、すごいエッチな気分がまた……

蕾はレース越しに見えるほど朱色を帯び、秘所がしっとり潤っていくのがわかった。

指遣いはまるで、繊細な旋律を奏でるように、優しい。

こんな風に丁寧に愛でられると、官能的な気分が高まり、どんどん肉体が開いていく……

「なんか、俺宛てのプレゼントを開けるみたい」

そう言いながら彼は、みぞおちに結ばれたリボンをするするとほどき、ベビードールを脱がした。

声は意地悪なのに、触れかたや手つきは慎重でソフトだ。

彼の本性はどっちなの？　意地悪な声なのか、優しい触れかたなのか……。もしかして育ちがいいせいで、根っから女性に冷たくできない人とか……？

ぼんやりそんなことを考えていると、端整な唇が胸元に近づき、膨らんだ蕾をぱくっと咥えた。

ぬるぬるした舌が、尖った蕾に巻きつき、抑えきれない声が漏れる。

「……んんふっ!!」

敏感な蕾が濡れた舌に包まれ、ころころと転がされた。ぬるぬると淫らな刺激が小さく弾け、耐えがたくくすぐったい。

「あ、だっ、ダメ……」

背筋をおののかせ、もがくように彼のうしろ頭を掴む。しかし、うまく力は入らず、硬い黒髪をくしゃくしゃにしただけだった。

彼はまったく意に介さず、すごく美味しそうに二つの膨らんだ蕾を交互に舐めしゃぶる。

あ……き、気持ちいいんだけど……。くぅ、くすぐったっ……

夢中で吸い上げるさまが、赤ちゃんみたいで可愛く思え、よしよしと彼の頭を撫でてみる。けど、口腔内で繰り広げられる蕾へのいやらしい仕打ちは、発情した大人の雄のそれで、やっぱり可愛くないかもと顔をしかめた。

りゅ、龍之介さん、なんかエロすぎて……ちょ、ちょっと……

乳房をやわやわと揉みながら、高く尖った蕾を舐め上げては、ちゅうちゅうと強く吸い上げる。濡れた舌が乳頭を擦るたび、淫らな刺激が散って、四肢が打ち震えた。

「ああ……綺麗だな……」

うっとりした様子で蕾を見つめ、彼は言う。

蕾はかつてないほど大きく膨らみ、しゃぶられたせいで唾液が艶めかしく光り、苺キャンディみたいに見えた。

彼は荒い息を吐きかけながら、さらにキャンディを貪り尽くす。そのガツガツした勢いが、本当に食べてしまいそうに思え、少し焦った。

乳房の柔らかい部分も吸い上げられ、あちこちにキスマークが散らされる。

これは週明けに襟ぐりの開いた服は着られないぞ、と余計な心配が頭をよぎった。けど、生温かい舌が肌に触れ、チュッと吸い上げられるたびに、痛みにも似たかゆさが弾け、どうでもよくなる。

「……あぁ……」

彼が美しい顔をしかめ、なにかを強く堪えるように声を漏らす……

その悩ましい表情が、喉奥からの声が、ひどく色っぽくて、ものすごくドキドキした。

乳房をしゃぶられながら、彼の股間にある熱いものがますます興奮し、強張っていくのがわかる。

先端から、透明な液がポタリと垂れ、茜音の太腿を濡らした。

ちょ、ちょっと……りゅうのすけさんっ……

身のうちに渦巻く情動を、彼が抑えているのが伝わってきて、それが震えるほどの興奮を呼び起こす。

彼の唇は一定の間隔を空け、茜音の腹筋のすじに沿ってキスマークをつけながら下りていき、お臍の中に舌をねじ込んだ。

「ひゃぅっ。……りゅ、龍之介さんっ、ちょ、ちょっと……」

くすぐったさに身をよじるも、大きな手に腰骨を掴まれ、押さえ込まれてしまう。

「や、やめてっ……そこ、ダメッ……あああぁっ……」

必死で足をバタつかせたものの、圧倒的な体格差でむだな抵抗に終わった。

彼はからかうようにお臍を攻めまくり、指で叢を掻き分け、秘裂をまさぐりはじめる。

すでにGストリングは取り去られ、蜜にまみれた秘裂が露わになっていた。

さらに舌は下がっていき、まさか……という気持ちにさせられる。とっさに顎を下げて見ると、彼はひざまずいた姿勢で、秘所から数センチのところに鼻先を寄せていた。

「あの。さっとやって、パッと終わらせるだけなので、そういうの必要ないんじゃ……？」

恐る恐る問いかける。

「いや、こういうのは大事なんだ。女性が快感を得るほうが妊娠率、上がるらしいから」

龍之介は掠れた声で説明し、茜音の両腿をぐっと押さえて開かせた。

彼がしゃべるたびに生温かい息が秘裂にかかり、かなりくすぐったい。

「けど、快感ならもう充分すぎるほど感じて……って、あっ、ちょっと、あぁぅっ……」

震える舌先が、秘裂の割れ目を、そーっとなぞった。

悲鳴を上げそうになり、とっさに両手で自分の口を塞（ふさ）ぐ。

彼は両手を花びらの外側に添え、さらに秘裂を大きく開かせると、花びらの付け根に舌を這わせた。そこは充分すぎるほど蜜がしたたり、一度絶頂を迎えたせいでとても敏感になっている。

ぬめぬめした舌の淫靡（いんび）な感触に、腰が飛び上がりそうになった。

「……っ!?」

ひりひりする花芽を舌先で攻められ、ぞわぞわっと腰が粟立（あわだ）つ。身悶（みもだ）えする茜音を尻目に、舌は丹念に蜜を舐め取っていく……

にちゃ、ぺちゃ、というかすかな音とともに、ほんのり雌（めす）の香りが立ち込めた。

「なんか……すっごい、エロい匂い。股間にぐっとくる……」

つぶやいたあと彼は唇をすぼめ、ちゅぅ、と尖（とが）った花芽を吸い上げた。

うわわわっ……！　ちょ、ちょっと、さすがに無理ぃっ……

指で花芽をクリクリといじられ、舌が蜜口からぬるりと侵入してくる。長い舌は奥深く入ってきて、ぬめる舌と媚肉が擦れ合い、かゆいような快感に背筋（せすじ）がおののいた。

んんんっ……。にゅるにゅるして、き、気持ちイイよっ……！　ま、また……イッちゃう……

蜜が絶え間なく溢れ出し、お腹の奥のほうで飢餓感（きがかん）が膨らんでいく。媚肉で舌を締めつけながら、自然と腰がカクカク動いてしまう。

小さな花芽を押し潰され、舌で蜜を掻き出されながら、うねりは容赦（ようしゃ）なくせり上がり、クライマックスに達した。

「ん、んっ、んんっ、あああっ……！」

腰がびくびくっと痙攣し、稲妻が腰から脳天へ突き抜け、意識が白く弾け飛んだ。

蜜壺がふにゃふにゃと柔らかくなり、どろどろに溶けてしまう心地がした。

あああ……気持ちよすぎて、死んじゃうかも……

龍之介が膝立ちになり、怒張したものを秘裂にあてがうのがわかった。亀頭の丸い部分に、ぴたりと二枚の花びらが貼りつく。

……あ。ど、どうしよう、もうきちゃう……

わかっていても、絶頂の余韻でうまく動けないし、声も出せない。

覚悟を決める暇はなかった。

彼は屈強な腰を前に突き出し、ひと息で茜音を奥深く貫く。

「!?」

裂けるような痛みが股間を襲い、じわっと涙がにじんだ。

いっっったあぁぁーーーーーーいっっっ!!

ぎぎっと歯を食いしばり、息を止めてどうにか堪える。

このとき、龍之介の顔色がはっと変わったのが、ぼやけた視界の隅に映った。

◇　◇　◇

それから、一時間後。

菱橋龍之介はベッドの上であぐらをかき、独り困惑していた。

ぐしゃぐしゃになった伸びかけの前髪が視界を塞ぎ、邪魔くさくて掻き上げる。

……どういうことだ？

すぐそこで茜音は、裸体にブランケットを巻きつけ、ぐーすか寝入っている。のんきな寝顔を見ていると、苦々しい気持ちが込み上げた。

いい気なもんだ。こっちは混乱しているっていうのに……

確認のため、そーっとブランケットをめくり、よいしょと茜音の体をどかした。彼女の眠りはどこまでも深いらしく、起きる気配はない。

まったく、能天気な女だ。こういう奴は、草原だろうが紛争地域だろうがどこでも眠れて体力を回復でき、メンタルがめちゃくちゃタフで、戦争になれば一騎当千の兵になるタイプなんだ。絶対。

メガネを掛け直し、顎先をシーツにつけ、もう一度それをつぶさに眺めた。

……間違いない。真っ白なシーツに散ったそれは、鮮血の染みだった。

どういうことだよ？　まさか……？

いやいや待てよ、と思い直す。血が出るパターンなんていくつもあるじゃないか。たとえば急に生理がきたとか、どこか怪我していたとか、俺が興奮しすぎて行為が激しくなってどこかから出血したとか……

しかし、次々と生み出される仮説を理性が順番に否定していく。生理の可能性は極めて低い。ちゃんとタイミングを計って日程を調整したわけだし。それに、どちらかが怪我していたら、こういう血の付きかたはしない。傷口の触れた複数の箇所に点々と血が残るはず。こんな風に一か所だけ血の染みができるのはおかしい。

いや、そんなことはどうでもいい。実感レベルでは火を見るよりあきらかなのだ。挿入して貫こうとしたときに感じた抵抗、それを押しきったときの彼女の体の震え、そのとき一瞬見えた苦悶の表情、そのあとの彼女の態度。そして、シーツに付着した血の染み。

理性よりも本能で理解していた。すべてのピースが一つの真実を示している。

桐ケ崎茜音は処女だったのだ。

……は？　どういうことなんだよ？

そんなワケあるか！　彼女はもうすぐ三十歳だぞ。しかも、なかなかの美人だし、そういうことに慣れている様子だった。それに、処女が契約出産なんてするわけないだろう。まさか、妊娠どころか、セックスもしたことがないなんて有り得な……

……そうだ。彼女はずっと隠し事をしていた。

その瞬間、記憶の回路が一気に繋がり、一つの結論が天啓のようにひらめく。

「人工授精から自然な方法に変更して欲しい」とメールをもらったときから、おかしいと思っていた。あのときは大して掘り下げなかったが、あれはまさか、自分が処女であることを隠していた……？

雷に打たれたように脳内が、シン、と静まり返った。

数秒後、そうかそういうことか、とすべてが腑(ふ)に落ちる。

やはり、桐ケ崎茜音は処女だったのだ。

彼女ほどの美人がなぜそうなったのか、経緯はわからない。なにか深い理由があるのかもしれない。人間の内面なんて、書類ではわからないものだ。

とにかく、彼女は二十九歳になるまで処女で、それでも子供が欲しいと願った。

おそらく、契約出産しようとした動機は本物だろう。あの膨大な書類に嘘はないはずだ。処女かどうか確認する項目がなかっただけで……

そして、彼女は処女だと言い出せなかった。なぜ秘密にしたのかはわからない。恥ずかしいと思ったのか、契約出産を反故(ほご)にされることを恐れたのか……

どちらもだろうなと当たりはつく。正直、事前に処女だと聞かされていたら、彼女と契約は絶対結ばなかった。彼女に断りを入れ、別の女性を探しただろう。

そういう意味では、情報を伏せた彼女の判断はあながち間違っていない。

処置の日が近づき、彼女は急に怖くなった。処女のまま妊娠して出産したらなにが起きるかわからないと、子供に想定外の影響が及ぶことを恐れ、申し出たのだ。自然な方法に変更して欲しいと。

「なるほどな。そういうことか……」

急激に力が抜けていき、背中からマットにぼすっと倒れ込んだ。

もう汗はとっくに乾ききり、どうにもならないモヤモヤだけが下半身に残っている。

あれから結局、挿入したときの異変に気づき、行為を途中でストップした。ゆえに、目標はまだ達成できていない。

彼女は懸命に誤魔化そうとしていたが、急に青ざめて見るからに痛そうだったし、あちらも乾いて続けるのは難しかった。男のほうにその気があれば無理矢理やれなくもないが、相手があきらかに無理をしている状態で（そういう契約だから多少の無理は必要だが）、強引に進めるのは嫌だった。

「くっそ。やってくれたな？」

茜音は、すーっすーっと規則正しい寝息を立てている。

起きているときは、目に強い力のある華やかな女性というイメージだが、眠っているとあどけなく見えた。丁寧に手入れされた長いまつ毛は、ゆるいカーブを描き、一本ずつ涙袋に降りている。

さっき、彼女の肌を初めて目にした瞬間が思い起こされた。

すごく、綺麗だと思ったんだ。純粋に。柔らかそうで、とても滑らかで……

蠱惑的なベビードールはまるで、真っ白なアゲハチョウが羽を大きく広げ、彼女にとまっているみたいだった。

羽の上の部分……前翅と呼ばれるところが乳房の双丘を覆い、後翅がちょうど腰骨から太腿の横に垂れているイメージだ。対になった後翅の間から、凹んだ臍がのぞき、小さな三角の布がわずかに叢を隠していた。

アゲハチョウに負けず劣らず、肌も白磁のように美しかった。形よく隆起した鎖骨の下から、双丘がなだらかに盛り上がり、たわわな果実のようにぷるんと膨らんでいる。かろうじて掛かった薄いレースから、薄桃に色づいた蕾の突起が透けていた。

清楚で無垢なのに、途方もなく艶めかしい……

そのとき、心拍数が急に上がり、勢いよく血液が体中を巡るのがわかった。

くびれた腰のラインはうっとりするほど流麗で、ほっそりした腰に比して、ドキッとするほど乳房の膨らみが大きい。

身のうちに生じた赤黒い炎が、ジリジリと体の芯を焦がす錯覚に襲われた。

すぐさま腕を伸ばし、その細い腰骨を捕らえ、彼女の奥深くに入り込みたい……

馬鹿みたいに心臓をバクバクさせながら、ゆらめく炎が徐々に自分を侵食していく……

どうしても、彼女のボディラインから目が離せず、股間の雄は痛いほど硬くなり、興奮でかすかに身震いしていた。

初めて彼女がＳｏｕｆｆｙのオフィスに来たときのことを憶えている。

茜音の第一印象は、華やかな美人、世慣れして都会的、勝気で生意気といったものだった。

彼女はハイウェストの白いタイトスカートに、ピンクベージュのニットを着ていた。そのタイトスカートに、くびれた腰のラインが絶妙にマッチし、ウェストラインが非常に綺麗だった。スカートの裾から伸びたふくらはぎは、ほっそりしていながらも健康的だった。

薄っぺらい社交辞令を交わしながら、嫌いなタイプではないと感じた。ハキハキして自信に満ち、地頭は悪くないし意志が強い。ベタベタしたところがなく自立し、完璧に契約と割りきっている点に好感が持てた。

それに、スタイルのいい美人を嫌いになるのは難しい。男なら誰でも。

『自然な方法に変えましょう』と提案されたとき、やましい妄想が脳裏をよぎらなかったと言えば、嘘になる。少なくとも、男に淡い期待を抱かせるほど、彼女は魅力的だった。

そして、今日。今さっきの話だ。彼女は両手を腰に当て、『ゴールをアシストしてやる』と言ったのだ。軽く顎を上げ、偉そうに。

……なんだって？

これはまた随分と上からきやがるな、と驚いた。とてつもなくエロいベビードール姿をさらし、堂々とものおじせず胸を張り、勝気な瞳がきらめいていた。しかも、あんたじゃ頼りないからあたしが手伝ってあげるわよ、という傲慢な態度。

このとき、頭の回線がブチッとショートした。

視界からの刺激に加え、女王様に踏みにじられる下僕みたいな心地になり、おかしくなった。

……あ。や、やばい……こういうのは……

腹を空かせた野犬のように息が荒くなり、焼けつくほど熱い黒々したものが、下半身に渦巻く。

実は、堪らなく好みだった。こういう、自信満々で高慢な美女が。思いきり罵られたいし、踏みにじられたい。そのあと、おごり高ぶったその鼻をへし折り、この手で完膚なきまでに屈服させたい……

こういう性癖に、どんな名前が付くのかは知らない。SとかMとか、そのどちらでもあるんだろう。そもそも、一つのレッテルで決めつけられるほど、シンプルな人間なんていない。

白い肢体が我が身に絡みつくのを想像するだけで、ゾクゾクするほど高揚した。口腔に唾が溜まり、みなぎった雄棒の先端から、先走り汁が溢れ出す。

彼女がその気なら、あえて策に乗ってやろうと、雄の本能に火を点けられた。それが、まさかこんなことになるとは……

行為の途中でなんとなく事態を察し、こちらから『今日はやめておこう』と告げると、彼女はキョトンとした顔で『やめたいの？　オッケーオッケー、ならやめとこうか』と言った。そのとき一瞬、ホッとした表情をしたのも見逃さなかった。おそらく破瓜のとき、相当痛かったんだろう。そうして、彼女は横になったと思ったら、ものの三秒で熟睡してしまった。仕事が忙しいと言っていたし、滑らかな頬は青白く見え、疲れていたのかもしれない。

「なーにが、オッケーやめとこうかだよ。だましやがって……」

処女を奪ってしまったという罪悪感。だまされたというショック。

怒るべきなのか謝罪するべきなのか、これからどうすればいいのか。なぜ、大切なことを言ってくれなかったのか？

しかし、言い出せない彼女の気持ちもわかる。だが、こんなに大切なことをなぜ……と、思考は堂々巡りし、困惑しかなかった。

称賛に値するポイントは一点だけ。彼女は律儀に契約を履行しようとしていた。完遂するまでこちらに悟られないよう、すべてを隠しとおすつもりなんだろう。

「ったく、バレないとでも思ったのかよ」

うしろ髪をぐしゃぐしゃと掻きむしる。

時刻はもう、二十一時を過ぎていた。

こんなことなら、やはり別のルートで代理母出産を頼むべきだった。子供の境遇を考え、日本人のほうがベターかと思ったのに、まさかこんな展開になるとは。

やはり、人間は信用できない。

どうする？　いったんこの話は白紙に戻すか？

しかし、シーツの血の染みが訴えかけてくる。処女を奪っておいて白紙に戻すなんて、鬼畜の所業だと。

だが、こちらはなにも知らされていなかったわけで……

処女を奪ったのは龍之介なのに、まるでだまし討ちをされたような、釈然としない感じ。

仮に計画を続行するとしたら、と考察を進める。医学的にはむしろ、状況はよくなったはずだ。破瓜は終えたわけだし、これなら人工授精しても大丈夫だろうし……

人工授精に切り替える？　ここまできて、今さら？

なんとなく、それはつまらないと思った。今さらやめるのは、つまらないなと。

それに、このまま進めたらうまくいく気がした。

ベビードールを見たときの、稲妻のような興奮を思い出し、果たされぬ下半身のモヤモヤが存在感を増す……

……なら、黙っておくか。

うん、それでいいだろうと結論が出る。彼女は秘密にしたかったのだから、こちらも気づかない振りをしよう。

隠し事はお互いさまってワケか……

とはいえ、彼女の隠し事は自分のそれに比べたらはるかに微笑ましく、可愛いものだった。健康的だし、危険はないし、誰も傷つけない。

あのことを思うと、憂鬱な気分になった。

しかし、できることはなにもない。

この地位を得て、生存を脅かされる事態も増えた。だから、早急に後継者が欲しい。自分にもしものことがあったとき、血を分けた子供にすべてを譲りたい。

それぐらいしか、今の自分にできることはないと思えた。だから、多少の困難があっても契約は果たしたい。

この話を彼女にすれば、奴のターゲットが彼女に移る危険がある。それだけは慎重に避けなければならなかった。セキュリティには万全を期すべきだ。

彼女に話す必要はない。逆に警戒され、契約を反故にされても困る。早くコトを済ませ、子供が生まれてしまえば問題ない。このままなにも言わず、計画を進めよう。

そうと決まればシャワーでも浴びるかと、龍之介は素足を床に載せた。

◇　◇　◇

ふと、なにかの気配を感じた。

茜音がまぶたを開けると、すぐ目の前に龍之介の美貌がある。

彼は右肘を立てて頭を乗せた格好で、その瞳は少し哀しそうな、いたわるような光を帯(お)びていた。

二人ともまだ裸であることに気づき、昨晩の記憶が一気によみがえる。

あ、そうだ。私、奥日光の別荘に来て、昨日は龍之介さんと……

掃き出し窓から、カーテン越しに朝日が差し込んでいた。あれから、目的を果たすことなく、眠りこけてしまったらしい。

彼の指がつと伸びてきて、額(ひたい)の生え際をそっと撫でた。

「……大丈夫?」

心から心配しているような、彼の声。

「あ、ご、ごめんなさい。私、すっかり眠ってしまって……」

とっさにブランケットを引っ張り上げ、裸体を隠して言う。

すると、彼は目尻を下げ、クスッと微笑んだ。

その、かつて見たことがない優しい眼差しに、胸がきゅんとしてしまう。この人、こんな表情もできるんだ……という、新鮮な驚きとともに。

「少し疲れてるみたいだったから、ゆっくり眠るといいよ。ここなら、邪魔されることもないし」

「そんなそんな、もう大丈夫です。ぐーすか寝ちゃってすみません、本当に……」

「いいんだ。それより体のほうは、大丈夫？」

「え？　あ、はい」

「どこか、痛いところはない？」

「ええ、大丈夫です……」

意識を下半身に集中させてみたところ、破瓜の痛みは露と消えていた。

「あの、ほんとにごめんなさい。昨日途中までで、まだ達成してないですよね……？」

「そんなに焦ることはないよ。無理のないペースでいこう」

つと、美しい唇が近づいてきて、頬にふわりと柔らかく触れた。

まるで父親が愛しい娘にするような、慈しみのこもったキス。

鼓動が乱れると同時に、戸惑ってしまう。

「俺のほうこそ、ごめん。慣れてるだろなんて勝手に決めつけて、かなり強引だった。さっきまで一晩中、反省してたんだ」

「ええ？　そんな、大丈夫ですよ。全然強引じゃないっていうか、問題ないです」

「本当にごめん。次はもっと優しくするから……」

急にどうしたんだろう？　昨日まであんなに冷淡だったのに。実は彼は双子の兄で、寝ている間に優しい弟に交代したんじゃないかってレベルの豹変ぶり。

まさか、バレてないよね？

たぶん大丈夫なはずだ。ネットの情報によると、男性的に感覚だけではっきり処女とはわからないらしいし。バレていたら、彼も黙っちゃいないだろうし。

「抱きしめても、いい？　なにもしないから」

彼の人差し指の背が、淡く頬をなぞる。

メガネ越しの瞳は黒水晶のように美しく、惹きつけられた。

こんな目の覚めるようなイケメンに、とろけるような美声で甘やかされたら……

ドキドキして心拍が急上昇し、「あ」とか「はい」しか言えず、しどろもどろになる。こんなとき、気の利いた返しが一つも出てこない自分の恋愛偏差値の低さが、呪わしい。

気づくと、龍之介のたくましい腕にすっぽり包まれていた。

お腹とお腹がぴったり密着し、足と足は絡まり合い、彼の腕がしっかり背中に回っている。

……あ、いい匂い。やっぱりこの香り、好きかも……

上品なトワレに肌の匂いが混じった香りが、ふんわり鼻孔(びこう)をくすぐった。決してキツイ香りではない、空気にほんのり溶けたような、ごく自然な香りだ。

心地よく体の芯を刺激され、心までリラックスしていく。優しく髪を撫でられ、背中まで撫でられ、もうすっかり子猫みたいに甘えていた。

いろいろ考察したり、出方を警戒したり、せわしなかった心の武装がゆるゆると解けていく。

するると、龍之介が小声で言った。

「もう少し、チカラ抜いたら」

「私、そんなに力んで見えます？」

「うん。脅(おび)えて、警戒してるみたいだ」

脅(おび)えて、警戒してる……

なにか見透(みす)かされているのかな……

思い当たることがあった。それほど親しいわけじゃないのに、やたら核心をついてくる。

そうして、血の繋がった兄妹みたいに抱き合い、しばらくじっとしていた。契約のことも、仕事のことも、時間さえも忘れ、ただ無心に肌の温度と鼓動の音を感じながら。

彼の腕の中は不思議と安心できた。男性に対し、これほど安らいだ気持ちになったことはない。男なんてだらしなくて、頼りない生き物だと思っていたのに。

たぶん、彼のほうが精神的にも肉体的にも成熟しているからだ。社会的にも経済的にも、彼のほうが茜音より何枚も上手(うわて)だし、頭もいいし踏んでる場数も段違いだろうし。

強いパワーのある男性を前にすれば、ちゃんと自分も弱くなれるのだ。

厚い胸板に頬を寄せ、そんなことにぼんやり気づいた。

じっと体を横たえているうちに、安堵(あんど)かあきらめに近い感情がじわじわと込み上げる。

これで、よかったのかもしれない。

初めての人が龍之介でよかった。もちろん、相思相愛の恋人が相手に越したことはないけど、誰もが理想どおりの人生を歩めるわけじゃない。この地球上に何億という人間がいて、準備もできず不完全なまま、止むを得ず進まなきゃならないときもある。

もっと、最悪の事態だって有り得た。

だから、きっとこれでよかったのだ。

「……ありがとうございました」

言葉が唇からポロッとこぼれる。

龍之介は茜音を抱きしめたまま、しばらく何事かを考えていた。

彼の指がうしろ髪を滑る感覚が、心地よい。

「どうして、なにも言わなかった？」

そうささやかれ、すぐに処女の件だとわかった。

やばっ。やっぱり、バレてたか……！

とっさに身を強張（こわば）らせるも、彼が怒っている様子はない。彼はあやすように、うしろ髪を指ですき、さらに言った。

「言ってくれれば、もっと優しくしたのに」

「……ごめんなさい」

「俺のほうこそ、ごめん」

彼の声ににじむ罪悪感に、こちらが申し訳なくなる。

「ほんとにごめんなさい。だますつもりはなかったんですけど」

「うん」

「言ったら、契約を破棄されると思って……」

「うん」

「ごめんなさい……」

「いいんだ」

すごく優しい声に、涙腺の奥が熱くなった。

バレずにいけるだろう、などと踏んだ自分が情けない。本当は嘘なんて吐きたくなかった。ちょっと格好つけて、見栄を張ってしまったのだ。そんなことしたってどうせ見透かされ、信用されなくなるだけなのに……

「どうしても、契約を成立させたかったんです……」

そう言うと彼は、「もういいよ」とばかりにヨシヨシと撫でてくれた。まるで小さな妹にそうするように。

本当にごめんなさい……

恥ずかしい、みじめな気持ちで厚い胸板に顔を埋める。彼の優しい声と触れかたはすべてを許してくれている……そう思えた。

この人を好きになるかもしれない……

そんな甘く昏い不安に駆られ、身動きできなかった。

◇　◇　◇

それから、数時間後。

息が上がって苦しくなり、茜音は口を開けてあえぐ。

どうにか肺に空気を送り込み、何度か深呼吸を繰り返した。一回、二回、三回……

背中ににじんだ汗が、乾いたシーツを徐々に湿らせていく。

蜜壺の奥には、龍之介の長い指が潜り込んでいた。秘所は溢れた蜜で濡れそぼり、いじられた花芽がじんじんと疼く。

茜音はすでに、数えきれないほど絶頂に達していた。

「あっ、も、もういいでしょ……。は、早くぅっ……んんっ……」

奥の媚肉をぬるぬると擦られ、息が詰まる。

「ここ……。好きだろ？　ほら……」

龍之介の下唇が、耳たぶを掠めた。

淫らなうねりに襲われ、せっぱ詰まって彼の腕にしがみつく。しかし、屈強な腕はびくともせず、さらにもう一本指が増やされ、二本の指が蜜壺をいやらしく掻き回した。

指先と媚肉の摩擦が、痺れるような刺激を引き起こす……

「あ……んっ、んんっ、もおぅっ……!!」

どんどんキツくなり、媚肉で二本指をきゅうきゅう締めつける。

それでも指は容赦なく蠢き、とうとう張りつめたものが弾けた。

ああっ……んんふ、き、気持ちいいよぅ……

四肢をふるふる震わせ、甘やかな余韻がお腹から全身へ広がっていく……

立てていた茜音の膝が、だらりと弛緩して横に倒れ、だらしなく足を開く格好になった。

ずるりっ、と二本の指が引き抜かれ、ぶちゃっと白蜜が散る。

「……いやらしいカラダ」

龍之介は低く言い、蜜にまみれた二本指をこれ見よがしに舐った。

「……あ……あ……早く……」

朦朧とした意識で、茜音は乞う。

肩で息をするたび、視界の下のほうで二つの蕾が上下した。それらは、執拗に吸い上げられて硬くなり、大きく膨らんでいる。

龍之介がマットの上で膝立ちになると、すらりと勃ち上がったものが目に入った。

雄々しくそそり立つそれは、すごく大きく頑強で、興奮して赤みを帯びている。いくすじもの血管が力強く浮き出て、先端から溢れた液が根元まで垂れ落ち、キラキラとかすかに光った。

うわわわ……。昨晩はゆっくり見る暇がなかったけど……

彼のそれは嫌な感じがせず、野性的で好ましかった。天を貫く勢いの雄棒が、鍛え抜かれた肉体と見事に調和し、見惚れてしまう。

じりじりっ、と下腹部に細い飢えがよぎる。

昨晩、貫かれたときの痛みを思い出すと、少し怖い。それ以上に、彼の肉体から立ち込める雄のフェロモンに、頭がくらくらするほどやられていた。

「……はぁ、早く……早く、してください……」

ようやく絞りだした声は、ささやきになる。

……そ、挿入して射精すればいいだけの話でしょ？　なのに、どうしてこんなに……

秘裂は時間を掛けてねっとり舐め回され、花芽は丹念にしゃぶられ、ひどく鋭敏になっていた。指を深く突っ込まれ、刺激を与えられたせいで、蜜は絶え間なく溢れ、媚肉はとろとろにとろけきっている。

濡れた指先が、茜音の頬をそっとなぞる。

「……顔、綺麗だな。いつもより、こういうことしているときのほうが、ずっと……」

愛おしそうな眼差しに、胸がきゅんとなった。

とっとと終わらせてよ、なんて言えなくて、仰向けのまま彼の動向を見守る。

怒張（どちょう）したものの先端が秘裂に当たり、思わず「あっ」と小さい声が出た。

それは、握るとすごく硬いのに、先端だけはふにゃりとした柔らかさがある。

なぜ、これに触れるとこんなにドキドキするんだろ。自分にない器官だからかな……？

などと、どうでもいいことを考えてしまう。

「大丈夫。今日は全然痛くないから」

彼の言葉に「え？」と聞き返す間もなく、丸い先端がいとも簡単に、つるりっ、と蜜口から潜(もぐ)り込んできた。

「……っ!?」

熱杭はどんどんせり上がってきて、やがて蜜壺いっぱいに収まる。

下腹部の膨満感(ぼうまんかん)で息苦しさが増し、お互いの叢(くさむら)がふわふわと触れ合い、くすぐったかった。

「……んくっ、きっつ……」

なにかを堪えるように、彼は声を絞り出す。

「……大丈夫？　痛みはある？」

いたわるように腰骨を撫でられ、うれしいような切ない気持ちが込み上げる。

「あ、ありがとうございます。大丈夫です。キツいけど、全然痛くないし……」

こんなときに御礼を言うのも変な気がした。

「ゆっくりやるから、少しでも痛かったら言って」

「あ……はい」

「無理しなくていいから」

「はい」

セックスってこんなに気遣いながらするものなの？　と密かに首を傾げる。どうなんだろう？

経験がないからさっぱりわからない。

引き締まった腰が、ゆっくりと前後に動きはじめた。

彼は上体を起こして腰を突き出す体勢で、メガネ越しの瞳は気遣わしげに見下ろしている。

まるでゆりかごを揺するように、一回、一回、ソフトに突かれ、だんだんと結合部にかゆいような痺れが生じてきた。

……ん？　……あ、あっ、な、なにこれ……あ、熱い……？

このかゆいような、はっきりしない熱みたいなものの、正体をたしかめたい……そんなもどかしさにさいなまれる。

「大丈夫？　痛い？」

異変を察知した彼が、ぴたりと動きを止める。

すると、ゆるやかに上りはじめていた高揚感が急降下し、虚しくなった。

とっさに首を横に振り、急くように答える。

「いえ、大丈夫です。全然痛くない。むしろすごく……今までにない感じっていうか、すごく……」

……気持ちよくて。

とは、素直に言えなかった。けど、彼には通じたらしい。

「じゃ、もう少し強くやっても大丈夫？」

うなずき、「もっと強くやって、大丈夫です」と言い添えた。

こうして奥深く侵入されているのに、違和感や不快感はまったくない。もっと強い抵抗感や嫌悪感を予期していたのに。自分でも不思議なくらいだ。

彼は気遣いながら、ふたたび腰を前後させはじめた。小刻みに体を揺らされ、マットのスプリングが弾み、シーツに広がった髪がサラサラと滑る。

硬い雄棒が、蜜壺を滑り抜けるたび、腰のうちでひりひりした快感が生じる。

柔らかい突きかたがひどくもどかしく、思わず声を上げていた。

「あっ、あの、もっと……。もっと、もっと強く……」

返事の代わりに、腰のストロークがだんだん速くなる。

ますます大きく張りつめた雄棒は、狭い膣道を割り広げながら、前へうしろへ勢いよく滑った。

腰が打ちつけられるたび、とろけるような痺れが下肢を襲う。

あっ、すっ、すごっ、りゅ、龍之介さんのっ……お、おっきくてっ、あぅっ……

ぐちゅ、びちょっ、と結合部がいやらしく鳴った。

それが恥ずかしくて嫌なのに、意思に反して蜜はどんどん溢れ、水音はさらに大きく響き出す。

マットのスプリングはリズミカルに弾み、こちらを見下ろす彼を映す視界が、激しく上下に揺れた。

しゃくるように繰り返し突き上げられ、摩擦の熱とともに気持ちよさがせり上がってくる……

「んくっ、はっ、はぁ、はあっ……」

端整な唇は乱れた息を吐き、苦しそうにしかめた顔も美しい。

膝立ちになった彼の両腿へ、重なるように乗り上げた自分の両足が、汗でぬるりと滑った。

見ると、盛り上がった胸筋は濡れて光り、縦横に割れた腹筋の間に、汗の雫が垂れている。

解放を求め、無我夢中で腰を振りたくる彼の姿は、発情した動物みたいにひどく淫らだった。

見ているだけで、心も体も容赦なく、狂熱の渦に巻き込まれていく……

あぅっ、んっ、んんっ、りゅ、龍之介、さんっ、な、なんか、超エロいっ、よぉっ……

官能的な気分が高まり、体中が燃えるように熱く、エッチの感度も急上昇した。

生のままの雄棒に、蜜壷の奥のほうをいやらしく掻き回され、せり上がったものが限界まで張りつめる。

「あっ、りゅっ、龍之介さっ、わ、わたし、もうっ、だ、ダメッ……」

追い立てられ、悲鳴を上げた。

「くっ、お、俺もっ、も、もうっ……」

彼は片目をつむり、上ずった声を絞り出す。

彼は、急くように雄棒を深々と挿し込み、ビクビクビクッと腰を痙攣させた。

最深部で媚肉を抉られ、ゾクゾクッ、と電流が腰骨を這い上がる。

次の瞬間、限界までせり上がってきたものが、白く弾け飛んだ。

とっさに自らの口を押さえ、四肢を震わせる……

ああ……。なにこれ……超気持ちいいぃ……

お腹の奥で熱い精が、びゅるびゅるっ、と勢いよく噴き出すのがわかった。

彼は息を止めて首を垂れ、茜音の腰を掴んで自らに引き寄せながら、どろどろした熱を吐き出していく……

射精しながら、鍛え抜かれた腰がふるふる震え、その振動が克明に伝わってくる。

抑えようもなくドキドキして、ただ無心で彼に注がれていた。

あ……あああ……。で、出てる……。すごい、いっぱい出てる……

あまりに気持ちよすぎてお腹から力が抜け、腰から力が抜け、さらに足も腕も上半身もだらりと弛緩していく。

白い愉悦の波をたゆたいながら、熱いもので下腹部が満ちていくのを、ぼんやり感じていた。それは好ましい感触で、優しいような愛おしい気持ちが込み上げてくる。

あったかい……。龍之介さんの……

最後の一滴までたっぷり吐き尽くしたあと、彼は肩で大きく息をする。

ほんの刹那、彼と視線が交差した。

こちらをのぞき込む眼差しは熱を帯び、お互いが引き寄せられるように、つと唇が近づく。

キス、されるかと思った。

しかし、それは起こらなかった。

彼は振り払うようにまぶたを伏せ、ぐっと腰を引く。ずるりと引き抜かれると、蜜口から二人の和合液がこぽりと溢れ、言いようのない寂しさに襲われた。

「ごめん、俺……。痛くなかった？」

こめかみに汗を光らせ、彼は紳士的に問いかける。

……大丈夫だから、謝らないで。すごく素敵だった。私……

言葉がうまく声にならない。

代わりに差し伸べた茜音の手は、虚しく空を掴んだ。

◇　◇　◇

妊娠する確率を上げるために、回数は多いほうがいいだろう、と龍之介は言った。

茜音としても異論はない。可能なら回数を増やすべきだし、今のところ嫌悪感はないし、むしろかつてないほどの快感を与えられ、驚きと感動に包まれていた。

なるべく時間を有効に使いたいし、体の接触が今回限りで終われば、二人の負担も少なくなるだろうし。

それはいいんだけど。

「あの。こんなポーズ、取る必要ってあります？」

ベッドの上で四つん這いになり、茜音は本日一番の疑問を口にした。

「必要ある。体位を変えたほうが妊娠する確率が高くなるんだ。……もっと足を広げて」

龍之介はいたって真面目に、嘘か真かわからない理由を述べる。

「そうなんですか？　私はあまり詳しくないのでわからないんですけど……」

妊活本にそんなこと書いてあったっけ？　と内心首を傾げつつ、言われるがままに足を開く。

お尻を彼のほうへ突き出す格好で、首だけ振り返ると、視界の端に彼の怒張したものが映った。

それはすでに一度、茜音の中で果てたはずなのに、高く太く勃ち上がり、前と変わらぬ力強さがみなぎっている。

うわわ……

見ているだけで胸がドキドキしてしまい、とっさに目を逸らした。

彼は何度もすることに対し、かなり積極的だ。そのことがうれしいような恥ずかしいような、こそばゆい心地がした。

恋人同士なわけじゃない。行為が終わればさっと他人同士に戻るので、彼の興奮している姿を目にするのが、いちいち照れくさかった。

「力、抜いて。もっと気持ちよくなるから……」

美しい低音で誘惑されると、なにもかもどうでもよくなってくる……

そのとき、彼の骨ばった四本の指に、するすると右の腰骨を撫でられた。まるで繊細なガラスにでも触れるように、とても愛おしそうに。

ゾクゾクッ、と電流が背筋を這い上り、思わず顔をしかめる。

ただ撫でられただけなのに、それがひどくいやらしく、震えるほど感じてしまった。

……な、なんなの……？　今の……

変な魔法でも使われたみたいだ。蜜壺の媚肉から、じわっと蜜が分泌され、たらりと垂れるのがわかった。

「ここ、すごく綺麗だな。小さくてピンク色で、花が開いてるみたいだ……」

言いながら彼は、怒張したものを蜜口に押し当てた。中には挿入せず、焦らすように竿の部分を秘裂に擦りつけてくる。

押し付けられたものの熱に、中の媚肉が反応し、ぴくぴく蠢（うごめ）くのがわかった。溢れ出た蜜が、ぬるぬると竿を濡らす……

「あ……。ちょ、ちょっと、そういうのは……」

「うわ、すご……。大きく開いて、どんどん溢れ出てくる……」

彼は竿を淫（みだ）らに擦りつけるだけで、一向に挿入してくれない。

挿入への期待に、蜜はとろとろに溢れ、蜜壺は虚（むな）しい空隙（くうげき）を締めつける。

「あ、あのっ……。早く、早くやってくれませんか……」

狂おしいまでに肥大した欲求に、堪りかねて声を上げた。

「え？　やる？」

とぼけた調子で彼は返す。

「だから、焦らしてないで、早く挿……」

挿れてください？　ほんとにそんなこと言うの？

カアッと頬が熱くなった。

「赤くなった。可愛いね」

クスッと笑われ、羞恥（しゅうち）で体中が熱くなる。

彼はそれ以上焦らしたりせず、怒張（どちょう）の丸い先端が左のお尻に、ひたっと当たるのがわかった。そこも濡れているせいで、先端はつるっと滑り、吸い寄せられるように蜜口に辿（たど）り着く。

熱い怒張はそのまま、ずぶり、と難なく入り込んできた。

「……あっ……」

うしろのほうから熱杭が、ずぶずぶ……と進んでくる。

さっきより敏感になった媚肉と、生のままの雄棒がぬるぬると擦れ合い、ひりひりする刺激に襲われた。

根元まで深々と挿し込まれ、異物感に思わず「んくぅっ……」と声が漏れる。

お腹いっぱいに硬い熱杭が満ち、みぞおちまで圧迫される感じがした。

最奥がじりじりと淫らに擦れ、踏ん張る四肢に震えが走る。

……んんぅ、ふ、深いっ。深くて……あぁぅ……

「う……わ……。な、膣内、とろとろで締めつけてくる……」

うわごとのように彼がつぶやき、深々と挿し込んだそれを動かしはじめた。

ずるりっ、と剥き出しの雄棒が滑り抜けるたび、媚肉との接触面に甘やかな火花が弾ける。

繰り返し力強く擦りつけられ、とろけるような痺れに、脳髄まで恍惚となった……

あっ、あぅっ、そ、そこっ……ん、んんっ、き、気持ちいいっ……あぁ……

正常位のときと角度が違い、うしろから貫かれると、奥の深いところを鋭角に抉られ、それが狂おしいまでの愉悦を呼び起こす……

「あ、あっ、あぁっ、んっ、んんっ……！」

抑えようとしても、嬌声が漏れてしまう。

女性のそういうことを彼は熟知しているらしく、巧みに腰を使い、何度も何度も精確にそこを抉った。

最奥を穿たれるたび、いやおうなく大きな波がせり上がる……

「……くっ、うぅっ、はぁっ……」

彼の食いしばった歯の間から漏れる息が、ひどく色っぽくてときめいた。

揺さぶられ、揺らされて、息が上がり、体温も上がる。

雄棒から与えられる、痺れるような刺激に感覚をすべて奪われ、もうなにもわからなくなる。

ヘッドボードを必死で掴み、お尻を彼のほうへ差し出し、四肢をわななかせながら、とろけるような打撃にひたすら耐え続けた。

だんだん運動のスピードが上がってくる。雄棒が引くたび、ぶちゃっ、ぶちゅっ、と蜜のしぶきが派手に散った。

彼の息遣いは荒くなり、猛りきった雄棒が蜜壺の中で暴れまくり、媚肉をあちこち擦り回され、白い蜜がとめどなく溢れこぼれる……

両方の尻肉をぎゅっと掴まれ、彼はさらに奥のほうを狙って、ズンズン攻め立ててくる。

せり上がったうねりは、急激に張りつめ、もう少しで決壊しそう……

堪らず唇をぎゅっと噛み、揺らされながらマットの上に両手をボスッとついた。

……も、もう、ダメ。イッちゃうっ……

そのとき、お尻を掴んでいた彼の両手が移動し、するすると腰骨からあばらを撫で上げた。

その愛でるような手つきが……触れかたがとても猥褻で、ぞわぞわぞわっ、と全身の産毛が逆立つ。

……あっ……

「……あ、茜音」

うわずったセクシーな声が、鼓膜にそろりと触れた。

彼はふわふわした叢をお尻に密着させ、まるで子宮を押し上げるように、最奥のポイントに先端を、ぐりっと擦りつけてきた。

ぶるりっ、と馬がいななくように、屈強な腰が震え上がる。

お腹の奥で、どぼぼぼぼっ、と熱い精が噴き出すのがわかった。

思わず息を呑み、全身の筋肉にぐっと力が入る。

シーツをぎゅっと握りしめると、お腹の奥で張りつめたものが鋭く弾けた。

……んんっ……き、気持ちよすぎて、死んじゃう……

腰をふるふるとわななかせ、へなへなと脱力してマットに顎をつける。

そうしている間も、熱いものはどんどん注がれ、お腹の奥のほうから温かさが満ちていく……

二人の荒い息だけが、冷えた寝室にこだました。

射精は長くて力強く、茜音は猫が背伸びをするようなポーズをしたまま、たっぷりと注がれる。

この瞬間、息がまともにできないほどドキドキしていた。

彼の乱れた呼吸と、にじんだ熱い汗と、屈強な筋肉のかすかな震えが、普段の彼じゃないみたいで……

お腹に溜まった精の熱が、体を芯から温めてくれる。それは悪くない感覚で、じんわりと幸せな気分になれた。

ああ、いいかも……。なんか生きてるなーっていう実感……

温かい心地よさに、思わずまぶたを閉じた。

彼は大きく息を吐いたあと、ポツリと問う。

「……大丈夫だった？」

いつもの質問だった。こんなときも気遣いを忘れない、優しくて紳士的な人……

なんだけど、その礼儀正しさが少し、寂しく思えた。

「うん、大丈夫」

「痛くなかった？　嫌な感じ、しなかった？」

「ううん、痛くなかったよ。全然」

むしろ、すごく好きかも……

そう告げるのは、少しためらわれた。

返事の代わりに彼の骨ばった指が、いたわるようにそっと腰骨に触れる。

指先から、好意か愛情のようなものが、流れ込んできた気がした。

「素晴らしかった。ほんっとうに感動しました！　ここ十数年で一番感激したかも……」

助手席に座り帰宅の途につく茜音は、興奮した様子で繰り返す。

「あなたはやっぱり天才だと思う。とんでもなくすごいと思うし、この世で唯一無二だと思うし、ＩＴ企業の経営者にしておくのはもったいないかも……」

ハンドルを握る龍之介は、気恥ずかしさに襲われ、もごもご言うしかなかった。

「それは、どうも」

「かといって、じゃあその特技をどう生かす？　って聞かれても、パッと思いつきませんけど……」

茜音は真剣に首をひねって考え込んでいる。

その横顔に、冗談を言っている雰囲気は、まったくない。

マジで言ってるのか？　やっぱり彼女、天然なのか？　それとも、なにか策があって天然を演じているとか……？

横目で茜音を観察し、龍之介はあれこれ思考を巡らせる。

だが、おバカキャラを演じるような、腹黒いタイプではない。どちらかと言えば、天真爛漫で思ったことをバンバン言うタイプだ。それに、彼女は間違いなく処女だったし、言動からして男女の色事にうとそうだし……

やはり、天然なんだろう。男と事後にどう接すればいいのか、知らないに違いない。単純に。

「あなたって冷たそうだし、計算高そうだし、乱暴に扱われるんじゃないかってすごく不安だった。

前日はうまく眠れなくて、当日も死地に赴くような覚悟だったし……」

死地に赴く……

随分な言われようでげんなりする。

「冷たくて計算高いのはそのとおりだが、いくら契約だからって乱暴に扱ったりしないよ、絶対に」

そう言うと、彼女はキラキラした瞳でうなずく。

「うん。全然そんなことなかった！　はあぁ……。本当に素晴らしすぎて、思い出すだけでうっとりしちゃう。まさにテクニックもパッションも超一流。神と呼ばせて頂きたい」

「そこまで褒めるか……？」

「うんうん。心から絶賛しちゃう。私、あなた自身のことはよくわからないけど、あなたとするセックスは大好き」

ハートマークが乱舞しそうな勢いだ。

さっきから、彼女はセックスの話をしていた。感動冷めやらぬ様子で、龍之介の「セックスが」この上なく素晴らしいと大絶賛の嵐である。

昨日は観光して別荘に戻ってから行為に及び、少し休憩をした。シャワーを浴び、シェフが作り置きしてくれたディナーを食べ、そのあとさらに頑張った。二人してヘトヘトに疲れきり、ベッドへ倒れ込んで爆睡し、昼前に目覚めてから勢いでもう一回やってしまった。

そうして、ランチを食べて身支度を整え、こうして帰途についている。東北自動車道は空いており、首都高で渋滞するとしても、夕方ぐらいには東京に着くだろう。

その車中で茜音はずっと、龍之介のセックスを絶賛し続けていた。あくまで龍之介の「セックスが好き」と発言しており、「龍之介が好き」とは一言も言っていない。そこを履き違えてはいけない、絶対に。

とはいえ、まんざらでもない気分だった。一人の男として雄として、「あなたは素晴らしく優秀だ」と太鼓判を押されたようで、悪い気はしない。

それに、彼女だって……

素晴らしかった、というのは龍之介も同意見だ。処女だったのはかなり驚いたし、だまされたと憤慨（ふんがい）もしたが、あとになってみればそれが逆に新鮮で、彼女の魅力が増したように思う。

ギャップ萌え、ってヤツなのか？　いかにも経験豊かそうな富裕層の美女が、実はティーンエイジャーよりウブでオクテだったっていう、ギャップがなんとも……

甘い髪の匂いと、すべすべした肌の感触は、まだありありとこの体に焼きついている。バックから突いたとき、ほっそりした腰が艶（なま）めかしく揺れるのを思い出し、股間が熱く疼（うず）いた。

とっさに咳払いして誤魔化（ごまか）し、正面をにらんで運転に集中する。

「ほんとによかったなー。これまで一番感動した映画を観たときより、すごかったかも……。すごく幸せな時間だった」

彼女はうっとりとため息を吐いている。

本気で感心しているのがひしひしと伝わり、恥ずかしいような照れくさい心地に襲われた。ここまで率直に褒められたことがなく、どう返していいのかわからない。

「もう、気持ちよすぎて、天国かと思っちゃった。この世にこんなに気持ちいいものが存在したんだ！　みたいな。漫画でよく見る、とろけちゃうって、あんな感じなのかも……」

どうやら、なんでもあけすけに語る性格らしい。正直で隠し事が少ないのも彼女の魅力なんだろう。経験が少ないせいもあるんだろうが……

「すごく気持ちよすぎて、何度でもできちゃいそう。もっとおかわりしたいって感じ」

その言葉に、体がカッと熱くなり、血がざわざわ沸き立つ心地がした。

今すぐハンドルを切って高速を降り、その辺のチープなホテルに彼女を連れ込む妄想が、頭をよぎる。これまでは優しくしてきたが、今度はいっさい手加減せず欲望のままに……という妄想が膨れ上がった。

とろけるような熱に包まれ、解き放つ甘美な瞬間がよみがえる……

股間が燃えるように熱くなり、生唾をゴクリと呑みこんだ。

……こ、これはさすがにまずいぞ。あってはならないことだ。

半勃ちになりながら、必死で理性を掻き集める。やたら分泌される唾液をゴクゴク呑み下し、

「これは契約なんだ」と何度も自分に言い聞かせた。

「うまくいってよかったです。回数もこなせたし、私、なんとなく妊娠できたような気がするんです」

彼女は頰を染め、両手を合わせてうれしそうに言う。

「あの、本当にありがとうございました。場所や食事だけじゃなく、いろいろと気を遣ってくださって。私、龍之介さんには心から感謝してます」

その澄みきった瞳に、薄汚い下心を見透かされそうで、ひどくやましい気持ちになる。

なんでも素直に言う彼女が、年齢や肩書きのわりに可愛らしく見え、胸がドキドキした。

「……い、いや、いいんだ。これはすべて契約なわけだし……」

しどろもどろになる自分が不思議だ。普段はもっとスマートに女の子に接しているのに。どうも彼女が相手だと調子が狂ってしまう。

「ですよね。全部契約のためですよね！　けど、素敵だったなぁ……」

屈託のない笑顔がまぶしく見え、思わず目を逸らした。ずっと日陰にいたのに、急に陽光にさらされたコウモリみたいな気持ちで。

飾らない、正直さ。自分の感情に素直に生き、すべてをさらけ出す、まっすぐさ。

そして、彼女がそういられるのは人間を信じているからだ。関わる他人を、あるいは世間を。

人間不信の塊みたいな俺とは大違いだな……

内心で自嘲してしまう。こんな風にポジティブな感情をぶつけられたら、誰だって「よし。彼女のためにひと肌脱いでやろう」という気持ちになれる。少なくとも、自分はそうだ。

彼女はただの一発屋の経営者じゃなかった。充分なカリスマ性と溢れる魅力を兼ね備えた、有能な経営者なのだ。

彼女自身に知識やスキルがなくても、優秀なブレーンが自然と集まってくるだろう。彼女の明るさと素直さに惹かれ、蛍光灯に群がる蛾（が）みたいに。そうして、彼らは喜んで彼女のために働くに違いない。

それもそうだよな、と思い直す。そもそも、なにもなければその地位まで上がってくることもない。大勢に足を引っ張られ、試練を越えられず、辿（たど）り着く前に沈んでいるだろう。

そう。この世界は、人知れず淘汰（とうた）されるのだ。

たぶん、経営者に限った話ではない。先へ出ようとすればするほど、信じる心や誠実さを試され、たくさんの障壁が立ちはだかる。まるで神様が人間を丹念に間引きしているみたいに。

これは長年、経営者としてやってきた実感だった。そして今も、現在進行形で淘汰（とうた）されている。

彼女がうらやましく思えた。まだ汚れていない、未使用のまぶしい白球のようで。人間を信じ、この世界を信じ、希望が胸に輝いている。

今日、このまま別れてしまうのは惜しい気がした。お互いをよく知るのに、三日という日数は短すぎる。

――あのさ。このまま別れるのは寂しいから、もう少し一緒にいないか？　もっと君のことを知りたいんだ。

そう素直に言えたらなと、ほろ苦い気持ちになる。もっと感情をさらけ出し、弱みを見せて、ありのままでいられたら……

だが、それは叶わない。そうするには大人になりすぎたし、人間の嫌な面を見すぎた。

俺がこんな風になったのは、奴のせいなのか？　それじゃ、まさに奴の思うツボじゃないか。

いつから俺はこんなに臆病になったんだろう？

◇　◇　◇

いろいろ迷ってたけど、結果オーライだったかも。

というのが、茜音の出した結論だった。

龍之介は超優しかったたし、素晴らしい経験もできたし、状況は絶望的なはずなのに、信じられないほど運がいい。

ガラガラとスーツケースを引きずりながら、茜音は万事うまくいく気がしていた。

先ほど、ＪＲ中野駅前のロータリーで車を降り、龍之介に別れを告げたところだ。少し寂しい気もしたけど、あくまで彼は契約相手。ベタベタとなれなれしい振る舞いは控えなければ。

けど、車を降りるときのあれって……

別れを告げてドアを開けたら、「茜音さん」と呼びとめられた。

いつも「君」とか「ねぇ」としか言わない人だったので、名を呼ばれてドキッとした。

それだけじゃない。「なんですか？」と振り返ると、彼は無言でじっと見つめてきた。

メガネ越しの灰色の瞳は真剣で、なにかを強く訴えかけていた。その視線に縛られ、身動きが取れなくなった。

それでなくても、超のつく美貌の持ち主なのだ。凛々(りり)しい目元も高い鼻梁(びりょう)も整った唇も、いつだって見惚れてしまう。そんな人に熱く見つめられたら、誰だって動けなくなるはず……

ひたすら胸をドキドキさせ、彼の言葉を待った。

けど、最終的に彼は振り切るように前を向き、軽く手を上げて去ってしまった。

あれって、なにを言いたかったんだろう？　もう少し一緒にいたい、とか？　まさかね……

そんな甘い期待をするほど、夢見る年齢でもない。ただ、端整な横顔によぎる暗い影が気になっていた。なにか深い苦悩か、憂い（うれ）を抱えているのはあきらかだ。

まあ、大企業の経営者なんて皆、そういうものかもしれないけど……

そんなことを考えながら、マンションのエントランスの前でカードキーを取り出そうとした。

そのとき。

「桐ケ崎茜音さん！」

女性の声が明るく響き、意識が現実に引き戻される。

視線を上げると、エントランスに三十歳ぐらいの見知らぬ女性が立っていた。

身長は一五〇センチぐらい。ぽっちゃりと小太りで、白いブラウスにオリーブグリーンのワイドパンツを穿き、手に小さなハンドバッグを持っていた。伸びかけのボブヘアで、アンパンみたいな顔に、ニコニコと人懐っこい笑みを浮かべている。

「こんにちは、はじめまして。私、伊生京香（いせいきょうか）と申します。にんべんの伊に生きる、京都の京に香るという字で、京香です」

伊生京香はハキハキと元気よく言った。

「えーっと？」

リアクションに戸惑っていると、京香はたたみかけて言う。

「私、茜音さんの大ファンなんです。下着は全部ボニーズスタイルだし、いつも『バルビエ』のコラム、拝読しています！　フォトスタもフォローしてるんですよ。まさか、こんなところでお会いできるなんて……。感激です！」

「ああ、バルビエ誌の……」

バルビエというのは女性向けのファッション誌で、茜音はそこにコラムを寄稿していた。

「そうですか。読者さんだったんですね。どうもありがとうございます」

さっと営業スマイルを顔に貼りつけ、むちむちした小さな手と握手を交わす。同時に頭の片隅で、一つの大きな違和感を検知していた。

この人はなぜ、私のマンションの前にいるの？

蒸し暑く日差しは強いのに、体温がすーっと下がっていくような、嫌な感じ。

京香はなにも気づかず、はしゃいだ様子でまくし立てる。

「私、茜音さんの書く文章が本当に好きなんです！　著書も全部拝読しました。中でもあの、マイストーリーBOOK2の話が秀逸(しゅういつ)で……」

にこやかに応対しながら、慎重に引き際のタイミングを計る。彼女は危険だろうか？　あるいは危険などなく、ここに居合わせたのはまったくの偶然なのかも……？

しかし、このときすでに茜音の直感がはっきり告げていた。これは偶然ではない、と。たぶん彼女はなんらかの方法を使い、茜音の自宅マンションを探し当てたのだ。

証拠も根拠もないけど、なぜかそれは明白なことだった。心の危険予知センサーがビンビンに反応している。

見た目はごく普通の、どこにでもいる善良な市民だ。顔つきが怪しいとか、服装が変だとか、挙動不審といった点は一切ない。ちょっとオシャレで声も表情も明るく、ユーモアを交えた話題選びに言葉遣いも礼儀正しく、優等生然としている。

京香は「大学の非常勤職員をやっています」と名乗った。茜音も聞いたことのある、都内のよく知られた私立大学だ。

けど、どんなに肩書きが立派でも、その人が安全だという証拠にはならない。

「よかったぁ〜。ここで待っていれば、お会いできるんじゃないかと思ったんです。本当にうれしい！」

……ここで待っていれば？

プライバシーの境界が、ない。

じわじわ込み上げる恐怖を、顔に出さないように苦労した。

こういうことはよくある。なるべく相手を刺激しないよう、穏やかに受け答えを続けた。

「あのー、茜音さんて、カレシとかいるんですかぁ？」

京香はニコニコしながら問う。

一瞬、龍之介の横顔が脳裏(のうり)をよぎるも、正直に答えた。

「いえ、今はいないですよ」

「ええー？　本当ですかぁ？」

「本当ですよ。お付き合いしてる、特定の人はいないです」

「なら、不特定の人なら、いるんですかぁ？」

「いえいえ、不特定の人もいないんです。残念ながら……」

今、顔が強張（こわば）っていないだろうか？

すると、京香は不意に真顔になり、黙り込んだ。そのとき、流れてきた雲が太陽をさえぎり、辺りにふっと暗い影が落ちる。

ただの偶然だろうけど、不気味な感じがして、背筋（せすじ）が冷たくなった。

「……ご結婚のご予定は、ありますか？」

京香はじっとこちらを見たまま、一語一語たしかめるように言う。

結婚？　この人、なにを言ってるの？

たった今、カレシはいない、付き合っている人はいないと断言したばかりだ。なぜこんな質問をされるのか、真意がまったくわからない。

「いえ……。予定なんてないけど……」

「本当ですか？　嘘を吐いてませんか？」

「嘘なんて吐く必要ないですよ」

「本当に？　神に誓えますか？　命を懸けられますか？」

いったいなんなんだろう。本当に……

そもそも結婚しようがしまいが、見知らぬ他人にとやかく言われるすじあいはない。けど、こういう過干渉タイプには、なにを言っても無駄だと経験上知っていた。とにかく無視し、ひたすらかわし、逃げの一手を打つしかない。

「結婚の予定はないです。ないものはないから、ないとしか言えないかな」

この回答は気に入ったらしく、京香はふたたび満面の笑顔になった。

「なら、よかったです。サイン、頂けますか？」

京香はハンドバッグから、ハードカバーの本を取り出す。

これは、茜音の販売員時代から経営者になるまでの軌跡をたどった著書で、初版本だった。

「もちろんもちろん。そんなに売れなかった本ですけど……」

ペンを受け取り、表紙の裏側にさらさらとサインする。早くこの奇妙な時間が終わってくれ、と祈りながら。

本を彼女に返すとき、裏表紙に百円と書かれた値札が目に入った。

「ああ、これ？　その辺の古本屋で買ったんですよ。投げ売りされてたんで、拾ってあげました。百円とか、やっす！　ゴミ価格！」

京香はわざとらしく声を張り、きゃはは、と楽しそうに笑う。

このとき、ようやく彼女の悪意がはっきり見えた気がした。まるで懐に忍ばせた凶器が、ギラリと光を放つように。

なにも言えずに立ち尽くしていると、京香はさらに言う。

「文章力はまあまあかな。表現に稚拙（ちせつ）なところがあるから、勉強したほうがいいと思います。ＢＯＯＫ２はもっと読んであげてもいいと思えたから、今後に期待してる」

京香は本をバッグに戻し、ペコリと頭を下げて別れを告げた。

「お時間取らせて、すみませんでした。またお会いできるのを楽しみにしていますね。それでは、失礼いたします」

そうして、きびすを返し、軽やかな足取りで去っていった。

ジリジリジリと耳障りなセミの声が、ひときわ大きく響く。

——またお会いできるのを楽しみにしていますね。

なんだろう……？　なにか、おかしい気がする……

小さな違和感がどうしても拭いきれない。他に気づいた点はないかと思い返すも、それは白いモヤみたくふわりと消えてしまった。

暑くて暑くて、頭がボーッとしてうまく働かないのに、やたら体だけが冷えている。

ぬるい汗の粒が頬を伝い、顎先（あごさき）で止まった。

◇

いっぽう龍之介は、それから落ち着かない日々を過ごすことになっていた。

日中、スマートフォンをチェックする回数が増えた。冷静に客観的に見て、以前より確実にスマートフォンを気にしている。

夜は酒を呑みに行く回数が増えた。以前は仕事を家に持ち帰り、熱心に打ち込んでいたのに、どうしても集中できない。どうでもいい知り合いを誘っては、ふらふらと西麻布辺りで意味もなくグラスを重ねてしまう。

そうして、一週間が過ぎ、二週間が過ぎ、三週間が過ぎる頃には、いよいよ認めざるを得なくなってきた。

龍之介は非常にプライドが高い。ゆえに、自分では絶対に認めたくない。これぱかりはどうしても認めたくはなかったが……

俺はどうやら、待っているらしい。

渋谷区初台にある自宅のマンションで、龍之介はとうとうそのことに思い当たる。

桐ケ崎茜音と別荘で二晩を過ごしたあと、彼女を自宅の最寄り駅まで送り届けた。その車中、いろいろな誘惑に囚われたものの、結局寄り道はしなかった。

別れ際に彼女は『また連絡します』と言い残した。

だから、すぐに連絡があるだろうと思っていた。なのに、待てど暮らせど彼女から連絡はない。

こちらから連絡することも考えた。しかし、彼女のほうから『連絡する』とはっきり言ったのだ。待ちきれず連絡してくる、ガツガツした男だと思われるのはプライドが許さない。

そもそも、あれらはすべて契約の行為なわけだし、妙な執着を持たれたって彼女も迷惑だろう。

それは重々わかっているが、日中はついスマートフォンを気にし、夜はそんな現実を直視したくなくて酒をあおる、という悪循環に陥っていた。

いったいなんなんだよ。あんなに喜んでたのは、嘘だったのか？　俺のことおちょくってるのか……

帰りの車中、彼女は頬を薔薇色に染め、目を輝かせながら龍之介を絶賛しまくった。彼女の目は真剣そのものだったし、手放しで褒めそやされてこちらも有頂天になり、ガラにもなくドキドキした瞬間もあったのに……

「なーにが、神と呼ばせて頂きたいだよ。ふざけやがって……」

独り言がリビングルームに虚しく響く。

スマートフォンはローテーブルに置かれ、つるつるした暗い画面を黙って天井に向けていた。

ウィスキーの入ったロックグラス片手に、それを恨みがましくにらむ。

これは単なる言いがかりだと、自分でよくわかっていた。

二人は恋人じゃないのだから、近況を報告する義務もなく、契約書にそんな条項もなく、密に連絡を取る必要はない。だから、こうして恨むのはすじ違いというもの。

だが、気に掛けずにはいられなかった。彼女が処女だったことも驚いたし、自分が初めての相手になった責任感もある。それだけじゃなくて……

すごく印象深かったんだ。彼女のあの、生き生きしてうれしそうな顔が。

夜が明けてまぶしい光が差し込む中、『あなたのセックスって最高ね！』と臆面もなく言ってのけた、屈託のない笑顔が。

変な女だよな……

一般的、常識的に見れば、非常に変な女だ。おバカキャラと言い換えてもいいかもしれない。

なぜ、そんな変な女がこんなに気になるんだ？　放っておけばいいじゃないか。

俺は得意になってるんだろうか？　まるでお遊戯を褒められた、子供みたいに……

そう思うと、苦々しさが込み上げた。男としてのプライドをくすぐられたのはある。あそこまで絶賛されれば、ならもう一度……と期待するのが男ってもんだろ。

突然、着信音が鳴り響き、飛び上がった。

まさか？　と思ってスマートフォンを引っ掴むと、第一秘書の藤崎令行からだ。がっかりしつつも、通話ボタンを押した。

「もしもし？　どうした？」

声に失望が混じったのは仕方ない。

『藤崎です。こんな時間に申し訳ございません。ちょっと気になることがありまして。報告すべきかどうか悩んだんですが……』

「悩んだときはすべて報告しろ、しかも迅速に。と、いつも言ってるだろ？」

『その……例の件です』

例の件、という単語を認識した瞬間、胃の辺りがずぅんと重くなった。

まだ終わらないのか……。いつまでも、どこまでも、追いかけてくる。

「……接触があったのか？」

『はい。ＣＥＯのアカウントにメールが……』

「わかった。そのまま転送して。どんなに衝撃的な内容でも、妙な気は遣わなくていい。一切触らず、そのまま転送しろ」

ものの数分で、プライベートのアドレスのほうにメールが転送されてきた。

差出人の名前はなし。件名も本文もなし。送信元は海外のサーバーを何か所も経由して送られてくる、いつものフリーアドレスだ。

過去に何度も警察や調査機関や自社のコネを使って送信元を割り出そうとしたが、徒労に終わった。「誰が送ったメールなのか」というのを特定するのは、人々が想像している以上に難しい。

メールには画像が一枚だけ添付されている。ウィルスチェックは問題なかった。さらにタップし、その画像を開く。

それは龍之介にとって、充分に衝撃的なものだった。

最近撮られたものらしき、どこかの建物の写真だ。デザインや雰囲気からマンションのエントランスだとわかった。

これは、桐ケ崎茜音のマンションじゃないか……

間違いない。迎えに行くとき横をとおったから、憶えている。

思考がフリーズし、背筋(せすじ)がスーッと冷えていく心地がした。

『あの、この写真は？　どこかのマンションの入り口のようですが……』

まだ通話を切っていなかったので、藤崎の声が聞こえる。

そこで、ハッと現実に引き戻された。ボーッとしている場合じゃない。藤崎に指示を出さなくては。

「いや、君は知らなくてよい」

『CEOはご存じの場所なんですか？　いったいこれは……？』

「いや、俺も知らない場所だ。気にしなくていい」

『しかし……』

「たしかにこれは奴の仕業(しわざ)らしいが、特に事件性もないから放っておいていい。なにも動かなくていい」

藤崎はなにか言いたそうに沈黙したあと、『わかりました』と承諾した。

「ありがとう。手間を取らせて申し訳ない。報告はいい判断だった。今後もこの調子で頼む」

『かしこまりました。なにか問題がありましたら、いつでもご相談ください』

通話はそこで終わった。

不気味な余韻だけが、尾を引いている。

どこで情報が漏れたんだろう？　と己の行動を振り返る。桐ケ崎茜音と直接会ったのは、ほんの数回だ。やり取りは外部に漏れないよう、慎重を期した。

彼女との繋がりを知っているのは誰だ？　藤崎と弁護士。クリニックの医師と安藤夫妻ぐらいか。

あるいは、彼女が友人などに漏らした可能性もあるが……

なにはともあれ、奴は彼女の存在を探知した。もしかしたら、契約のことも嗅ぎつけたかもしれない。そうして、そのことを伝えるためにメールを送ってきたんだろう。

ものすごく嫌な感じだ、と画像を見ながら思う。第三者がこの写真を見てもわからない。俺だけにわかるように、俺だけが恐怖を感じるように、慎重に手段を選んでいる。

すでに警察には何度も相談していた。だが、警察だって暇じゃない。特に都内は毎日のように犯罪が多発しているし、事件になるかどうかもわからない一人の市民のために、割ける人員は限られていた。

だから、すべて自力で対策するしかなかった。セキュリティに多額を投じ、プライベートな連絡には専用のアプリケーションを使い、外出時は足取りを辿られないよう、細心の注意を払った。

しかし、こんなことがあると、どうしようもなく気味が悪くなるのは避けようがない。

ウィスキーを呑もうとし、冷えたグラスの中で氷がカラン、と鳴った。

それを合図に、漂っていた意識がすっと現実に戻される。

気づくと、広すぎる室内は冷え冷えとし、淡く青い間接照明が贅を凝らした家具や家電をぼんやり照らしていた。ぐるりと自分を取り囲む、無機質なそれらはまるで墓標のようだ。暗くて、冷たくて、血の通わない……死者の世界のような。

このとき去来した感覚は、なんと呼ぶんだろう？　虚無感。孤独感。あるいは、寂寥感。

時折、そういう刹那がある。真夜中に独りでタクシーに乗り、馬鹿みたいにきらびやかな都心の灯りを、ガラス一枚隔てて目に映しているときなんかに。普段は忘れている真っ暗な深淵が、不意にぱっくりと口を開け、その底へ深く落ち込んでいくような錯覚に囚われる。

そうして、奴はその隙をつき、土足で踏み込んでくるのだ。もう大丈夫だろうと忘れた頃に。こんな風に。

「まったく、いいザマだな……」

毎日あくせく働いてどれだけ巨額の金を稼いでも、どれだけ高価な家具を買いそろえても、ちっとも満たされないじゃないか。しょせんカネも高級住宅もハイテク家具家電も、それを使って生活する血の通った人間がいなければ、ただの置物に過ぎない。

そんなことを知るために、頑張ってきたわけじゃないのに。

やはり、俺には子供が必要なんだ。

そのとき、着信音がふたたび鳴り響き、グラスを取り落としそうになった。

また藤崎か、と舌打ちして画面を見ると、『着信中　桐ケ崎茜音』の文字がある。

今度は本物かよ！

素早く通話ボタンを押した。

「……もしもし？」

ひと呼吸置いて、元気のいい声が聞こえてくる。

『もしもし、龍之介さん？　桐ケ崎です。桐ケ崎茜音です』

そんなことはわかってるよ、というセリフをすんでのところで呑み込み、「ああ」と答える。

『ごめんなさい、夜分遅くに。今、大丈夫ですか？』

した。

「いや、別にそんなに遅くない。大丈夫だよ」

なぜだろう。このとき、実は待ちわびていたという空気を出さないよう、苦心して平静な声を出

『あの、報告なんですけど……。ごめんなさい、ダメだったみたいで』

「え？　ダメだった？」

先ほどの写真が脳裏(のうり)をよぎり、ギクリとする。

「ダメだったって、なにかあったのか？」

『あの、妊娠の件、ダメだったんです。できてませんでした』

なんだそんなことか、と拍子(ひょうし)抜けする。安堵(あんど)のあまり力が抜け、ソファにドサッと寄り掛かった。

今一瞬、彼女と自分の関係を失念していたが、出産するという契約を結んだわけだから、妊娠の成否について彼女が連絡してくるのは当然のこと……

『ごめんなさい、本当に。あなたもあんなに頑張ってくれたのに……。あのときは私、本気でうまくいったと思ったんです。けど、勘違いだったみたいで……』

「まったく問題ない。そもそも一回でうまくいくとは思ってないし、別に君だけが悪いわけじゃないだろ？」

『そう言って頂けるとありがたいです！　私も、トライアルアンドエラーで頑張りたいなって』

「うん、気にすることはない。今回がダメなら次がある。次がダメならその次だ。俺たちが前向きであり続ければ、きっとうまくいくよ」

すると、クスッと小さく笑う声が聞こえた。

『さすがですね。こういうとき、すごいポジティブ』

「言ったろ？　深く考えずにアホになろうって」

『ほんとですね。名言かも、それ……』

彼女はおかしそうに笑った。笑い声を聞いていると、胸にじんわり温かいものが広がる。

誰かの笑い声っていいもんだな。こんなに暗くて冷えた独りぼっちの夜には、特に……

だが、確認しなければならないことがある。

「一つ聞きたいんだけど、いいかな？　最近、身の回りで変なことはなかった？　抽象的な聞きかたで申し訳ないんだけど」

すると、彼女は警戒するような声で聞き返した。

『……変なこと？　たとえば、どういうことですか？』

まさか、あったのか？　と嫌な予感がする。

「たとえば、差出人不明のメールがきたとか、見知らぬ人に声を掛けられたとか、いつもと違うような出来事のことだけど……」

彼女は数秒沈黙したあと、用心深い声で聞いた。

『なぜ、そんな質問をするんです？』

どうする？　奴のことを打ち明け、注意喚起（かんき）するか？

まだ早いだろう、と思い直した。確証もないのに「危険だ」なんて言ったら、彼女を不安にさせるだけだ。

「いや、スキャンダルとか警戒しなきゃいけないことが多くて……ちょっと心配になったんだが」

『いえ。特に変なことは、なにも』

「本当に？　なにも思い当たることはない？」

『はい。ありませんけど……？』

含みのある語尾が、少し気になった。だが、これ以上の詮索は無用だろう。

「そうか。よかった。とりこし苦労だったみたいだ。変なこと言って、ごめん」

『いえ、大丈夫です。お気持ちお察しします』

元どおりの明るい声に、ほっと安心する。

話す必要はない。せっかく彼女と良好な関係を築きつつあるのに、奴の暗い話に邪魔されたくなかった。意識すればするほど、奴の思うツボだろうし……

それから、彼女は小さく言った。

『それじゃ、次はどうしましょう？』

その言葉に、ドクン、と心臓が跳ねた。

二人で過ごした夜の艶めかしい記憶が、一挙にどっと押し寄せる。桃色の唇から漏れる吐息、するりと指の間を滑った長い髪、この舌で味わった濃厚な雌の味、彼女の中に潜り込んだときの、とろりとした柔らかさと、えもいわれぬ恍惚境……

四肢に震えが走り、生唾をゴクリ、と呑み込んだ。

ひどくやましい気持ちに襲われ、スマートフォンを握りしめながら声を潜めた。

「いや、俺は……いつでも大丈夫。どうにか空けるから。君のほうでタイミングを指定して欲しい」

『あ、それもそうですよね。ちょっとまたクリニックに相談して、なるべく早めに期日をお知らせしますね』

こちらの様子に気づかない彼女は、あっけらかんと言う。

「場所とかは俺に任せて。君はなにも心配しないで、日程だけ決めてくれればいいから」

体中を熱くさせながらも、それを気取られないよう、努めて冷静な声を出した。

『ありがとうございます。それじゃ、また連絡しますね』

「うん、おやすみ」

『おやすみなさい。会えるの、すごく楽しみにしてますね』

優しい声でそう言われ、うれしい気持ちが込み上げた。

通話が切れたあとも、彼女の可愛らしい明るさが、空気中にふわふわ残っている感じがする。

気づくと、股間はもったりと重い熱を持ち、手のひらにまで汗をかいていた。速まった鼓動はしばらく治まりそうにない。

このとき、気づいてしまった。

妊娠しなかったということは、彼女をまた抱けるということ。

誰もいるはずがないのに、ついきょろきょろと周囲を確認してしまう。肉体が興奮してたかぶると同時に、心は背徳感と罪悪感にさいなまれていた。

いや、これは契約だから、悪いことをしているわけじゃない。あくまで義務の履行であり、彼女を抱くのは精子提供の方法の一つに過ぎない。それは重々わかっている。しかし……

本当にいいんだろうか？

純粋無垢な上に美しい彼女を、妊娠するまで好きなようにできる。

しかも、生で中出しし放題……

とっさに自分の口を両手で押さえた。

まずい。そんな風に考えてはいけない！

おいおいおい。こんなこと、人間性と品性が疑われるぞ。この世界には、口に出してはいけないことがある……

だが、まごうことなき事実だった。

俺、前世で徳を積みすぎたのか……？

ひどいズルをしているような、複雑な気分だ。なぜこんなにも幸運が重なるんだろう？　超好みのタイプの美女な上に、処女で純粋な肉体を持ち、体の相性は抜群ときている。

そんな女性と、好きなだけセックスしていいよ、とお許しが出ているのだ。

「これ、なんかのボーナスステージか？」

こんなはずじゃなかった。体だけは丈夫な見知らぬ女性に精子を提供し、気づいたら赤ん坊をこの手に抱いている……という予定だった。

それがいったい、なんでこんなことに……？

いや、これは歓迎すべき兆候だ。この性欲は必要悪なんだ。これほど興奮するってことはすなわち、妊娠する確率が上がるということ。二人の目標は子供を作ることなわけだし……

未熟な彼女に、ありとあらゆることを教え込むのを想像しただけで、体中の血液がざわざわとさざめき、叫び出したくなった。

真っ白なキャンバスみたいな彼女を、俺の色に染め上げることができる。

そんなことをする必要はない。妊娠が目的ならば、余計なことをせず、速やかに受胎させるだけでよい。それはもちろんわかっているが……

速やかに終わらせる気は、すでにさらさらなかった。

黒々として熱い欲望が、ずるりと首をもたげる。

それぐらい、愉しんだっていいよな？　俺だって男なんだし、彼女だって悦んでいたし……

交わした契約は守る。それは絶対だ。だが、密かに小さなオプションを忍び込ませたっていい。

それぐらいきっと許されるはずだ。

熱くたかぶった体を鎮めるため、服を脱ぎながらバスルームへ向かう。

数分前とは打って変わって心はウキウキし、歌でも歌い出したい気分だった。

バスルームのドアを開け、あることにふと気づく。

あれ？　今一瞬、奴の存在をすっかり忘れていたぞ。

◇　◇　◇

やっぱり女って、エッチしたら心まで持っていかれちゃう生き物なのかなぁ……

オフィスで茜音は、キーボードを爆速で叩きまくりながら、そんなことを思う。

別荘で二晩過ごしてからというもの、龍之介の存在が心に居座ってしまった。心は別にして、契約で体だけ使ってうまくやろう……そんな考えをしていたせいでバチが当たったのかもしれない。

結局、妊娠しなかったことがわかり、先週その結果を龍之介に連絡したばかりだ。このあと、次の期日を連絡する段取りになっている。

生理周期は安定しているから、大体の期日はわかっているのに、連絡できずグズグズしていた。

龍之介も忙しいし、早めに連絡しなければならないのはわかっているんだけど……

なんだか、気が重くてさぁ……

龍之介と行為に及ぶのは嫌じゃない。むしろ素晴らしい経験だったし、三十歳までに経験できてよかったし、優しく丁寧に扱ってくれ、みぞうの快感まで与えられ、不幸中の幸いとはまさにこのこと。

気が重い原因は他にある。

これ以上彼に関わったら……本気になってしまいそうで。

鳥肌が立つほどクールなイケメンで、しかも野性的な肉体美を誇り、女性の扱いは超一流ときている。お育ちのよさと雄のフェロモンをぷんっぷんに振りまきながら、超セクシーな声で「綺麗だ」とささやき、信じられないほどとろけるような快感を与えてくださるわけだ。

これで落ちない女って、この世にいなくないですか……？

しかも、龍之介はそんな神業をすべて、契約のためにやってのけているのだ。

キーボードを叩きながら、突如としてオフィスの床が崩落し、地面が割れてマグマが噴き出し、地獄に落ちていく心地がした。そう、龍之介に落ちるイコール、地獄に落ちるということ……

はー。なんか、超ヤバイ物件に手を出してしまったのかも……

額を押さえて目を閉じ、ため息を吐く。

男ってヤツは恐ろしいと思う。好きでもなんでもない女を相手に性的に興奮し、ちゃんとやることはやれるわけだ。まさしく、男は下半身が別の生き物……

どうしよう。これ以上深入りする前に、人工授精に切り替えようか。けど、こちらから「自然な方法にして」と無理を言ったわけだし、また変更してくれなんて頼んだら怒られそう。優しい人だけど、厳しいところは死ぬほど厳しいし。それに、自然な方法がいいに越したことはないし……

ああでもない、こうでもない、とウダウダ悩みながらも業務だけは必死にこなし、昼が終わり、夕方になり、日が落ちて、夜が来た。

「茜音さん、あんまり根詰めないでくださいね」

帰り支度を整えた、従業員の大原のぞみが声を掛けてきた。

茜音は従業員とデスクを並べ、現場で執務している。社長室も一応あるにはあるけど、来客のとき以外は使っていない。

社長と従業員の垣根はなく、皆が親しげに「茜音さん」と呼び、茜音のほうも従業員の声には真剣に耳を傾けていた。

「うん、大丈夫大丈夫。このプロジェクトが終わったら、ちょっと休暇取るから」

茜音はパソコンに向かいながら、明るい声を出す。

「それじゃ、お先に失礼しますね」

「お疲れ様～」

のぞみが去るとオフィス内はシン、と静まり返った。いつの間にか他の社員も皆帰ったらしい。

時刻は二十時過ぎだ。金曜日はいつも皆の帰りが早い。茜音も一段落したので帰り支度をはじめた。スポーツジムにでも寄ろうかなと考えながら。

あんまり夜遅くならないほうがいいかな。なんか最近、物騒だし……

伊生京香の作り笑いが思い出される。あの日以来、彼女が現れることはなかったけど、自宅は知られているし、あれだけでは終わらない気がしていた。

そのとき、着信音が高らかに鳴り響き、飛び上がるほど驚く。

スマートフォンを取り出し、『着信中　菱橋龍之介』の文字を見て、ギクリとした。

やばっ。痺（しび）れをきらして、あっちから掛けてきたか……

仕方なく電話に出た。連絡が遅れた言い訳を考えながら。

「……もしもし？」

『菱橋龍之介です』

受話口から漏れ出たイケボに、くうぅっと堪らない気持ちになる。声だけでご飯三杯はいけそうだ。

『まだ仕事中？　時間、大丈夫かな？』

なんとなくドキドキしつつ、「大丈夫ですよ」と答えた。

『突然でぶしつけなのは承知の上だけど、今から空いてる？』

「えっ？　今から？」

本当に突然でびっくりしてしまった。茜音ぐらいの立場になると、アポなしで当日いきなり誘われることはほとんどない。

「えーと……一応、空いてますけど？」

内心ビビりながらも正直に答える。

『なら、一緒に食事でもどう？　そんなフォーマルな場じゃないし、身一つで来てくれれば大丈夫だから』

この一言で、お店のチョイスは龍之介に任せてよい、そして、特にドレスコードもないカジュアルな店である、という情報が読み取れた。

食事と聞いて空腹を覚え、誘いに乗ることにする。ややこしいことは会ってから考えるか、と開き直った。

「わかりました。まだオフィスにいるんですが、どこに行けばいいですか？」

『近くまで来ているから、そっちまで迎えに行く』

電話を切ったあと、化粧室に駆け込んでせっせとメイクを直す。

そのあと、オフィスを出ると、目の前に黒塗りの高級車が停まっていた。

制服を着た年配のドライバーにうながされ、後部座席に乗り込むと、すでに龍之介が奥に座っている。まるで王族が乗るような上品かつ高貴な内装だった。

「あの、こんばんは……」

声を掛けるも、龍之介はこちらを見ることもなく、ウンともスンとも言わない。

車はそのまま音もなく発進した。これは社用車なんだろうか。車内は空調がよく効いていて、涼しい。

もしかして、機嫌悪い？

龍之介の顔色をそっとうかがう。彼はワイシャツ姿でネクタイは着けず、背もたれに寄り掛かり、正面をにらんでいた。

きらびやかな都心の灯りが、ひそめられた秀麗な眉を照らしている。

約一か月ぶりに会った龍之介は、ますます男らしく凛々(りり)しく見えた。ついさっきまで仕事をしていたんであろう、エネルギッシュな緊張感を身にまとっている。憂(うれ)いを帯(お)びた横顔は美しく、前より色気が倍増したみたいだ。

けど、機嫌がめちゃめちゃ悪いのは間違いなさそう。なんて声掛けようか。お疲れ様です、とか。もしくは明るく、やっほー！　とか？　ひさしぶり、元気にしてた？　とか……

茜音も眉根を寄せ、あれこれ思い悩む。

不意に龍之介が身を起こし、思わずギクッとなる。見ると、龍之介はこちらをにらんでいた。

「なんで、連絡くれなかった？」

強い口調に気圧(けお)されそうになる。

そこまで怒るようなこと？　お互い契約を結んだパートナーなんだし、一方的にキレられるすじあいもないのでは……

文句を言おうと口を開くと、メガネの奥の瞳に苦悩のようなものがよぎったのが見え、それが口をつぐませた。怒っているというより、なぜか悲しんでいるように見えたのだ。悲しむ理由なんてないはずなのに……

「ごめんなさい。ちょっといろいろ……仕事が忙しかったり、体調崩したりしてて」

これぐらいの嘘は許されるはず。

すると、龍之介は打って変わって心配そうな顔をした。

「体調を崩した？　大丈夫？　もう治ったのか？」

「あー全然大丈夫。もうすっかりよくなったから。ちょっと風邪気味だっただけで」

多少のうしろめたさを感じつつ、笑顔で返す。

「そうか。それならいいんだが。無理するなよ、大事な体だから」

大事な体だから。

ここでふっと我に返る。

それもそうか。彼にとって私は、後継ぎを生み出すただの媒体に過ぎない。だから、優しくするし大事にもするし、ちやほやされて当然か。そこに私の性格や人格はいっさい関係ないのだ。

忘れるなよ茜音、と自分に言い聞かせる。これはあくまで契約なんだから、鋼の心で遂行しなければ。好き嫌いとか不安とか悩みとか、ゴチャゴチャした感情は排除すべき。

「全然連絡がないから、俺と契約を続けるのが嫌になったのかと思った」

龍之介の言葉を、明るく否定する。

「そんなことないですよ！　子供作る気は満々ですから。途中で投げ出すぐらいなら、そもそもこんな契約しません」

「そうか。それなら、よかった」

龍之介はうれしそうに微笑む。

不意を衝かれ、鼓動がドクンと跳ねた。今の笑顔が思いがけず、可愛くて……

「あっ、あの、龍之介さんはどうですか？　あの、仕事とか体調とか」

「俺は大丈夫だよ。体調は万全、気分は爽快、なにもかも順調」

完璧な回答のあと、彼は少し首を傾げ、すっと目を細めた。

「……君に会いたかった」

見つめ合ったまま、言葉を失う。

彼の声も瞳もひどく真剣で、嘘を言っているようには見えなかった。

薄闇できらめく彼の瞳を捉えながら、鼓動だけが速まっていく。

どういうつもりなの？　なぜ、そんなことを言うの？　私たちは契約だけの関係だよね？

精神力を総動員させ、苦心して彼から視線を引き剥がし、車窓に移した。

そんな風に、思わせぶりなこと言うのはやめて。

金曜の夜の新宿は、仕事を終えたサラリーマンやOL、飲み会に繰り出す学生、さらに彼らを狙う呼び込みたちでごった返している。飲み屋だのカラオケだのクラブだののネオンが目にまぶしい。

そんな喧騒を目に映しながら、息が止まりそうな寂しさに襲われた。あんなに幸せで楽しそうな彼らと、車のドア一枚隔てた自分との落差に目眩がする。

なぜ、自分はあそこに立っていないんだろう？　ただお互いを想い、穏やかに笑い合える、たった一人の人がいればいいだけなのに……

こんなに高級な車に乗り、隣には素敵な男性が座っているのに、自分はこの世界で独りぼっちなのだ。

隣にある龍之介の気配を感じながら、茜音は祈るようにまぶたを閉じた。

◇　◇　◇

ディナーは素晴らしかったなぁ、と茜音は今夜を振り返る。

龍之介は築地にある、こぢんまりした割烹料理屋に連れていってくれた。彼らしい配慮の行き届いた、非の打ちどころのないエスコートで、頬っぺたの落ちそうな和食を堪能し尽くした。

最初のほうは会話も弾んでいた。売り上げの伸び悩みについて愚痴ると、彼はすぐさま多角的に問題を分析し、有益かつ的確なアドバイスをくれた。茜音的にも腑に落ちることばかりで、改めて経営者として尊敬の念を抱いた。

「あの、本日のご用件は……？」

一応確認すると、彼は少し考えたあと言った。

「契約を継続するかどうか、確認したかったんだ。直接会ってちゃんと」

しかし、お酒が進み、料理の終わりが近づくと、会話は途切れがちになる。

それぞれ心ここにあらずで、物思いにふける沈黙が続いた。お互いがけん制し合い、二人の間に横たわる距離がどれぐらいなのか、測っている空気があった。

絡み合う視線が、だんだん熱を帯びてくる。

時折、彼の瞳に強い光がよぎり、なにを考えているのかなと想像してみた。

……あ。もしかして、別荘でのこと……？

記憶が克明に呼び覚まされる。

寝室にこだまする湿った吐息、激しく上下に揺れる視界、そこに映り込んでいるベージュの天井を背景に、こちらを見下ろす熱っぽい瞳……

少しずつ体温が上がっていき、茜音はマズイなと思いはじめていた。

このまま引きずられそうで、怖い。今夜、もし手を引かれたら、拒絶できなさそう……

そうして帰りの車内、龍之介はさりげなくこう言った。

「俺のマンションに寄っていかないか？　美味しいコーヒーがあるんだ」

彼のマンションは初台にある。築地から中野までの帰り道、首都高速から甲州街道へ出れば初台はすぐそこだ。通り道ではないけれど、簡単に寄れる距離……

誘いに乗ればコーヒーだけでは済まないことはわかっていた。たぶん、口実はなんだっていいのだ。めずらしいワインでも、最新型のサラウンドスピーカーでも、人懐っこいトイプードルでも、なんでも。

ほろ酔いだったのもある。酔っていたがゆえに、寂しさが倍増していたのもある。

けど、本当のところは恋しかったのかもしれない。別荘の夜に初めて知った、彼の肌とぬくもりが……

「なら、せっかくなので、少しだけお邪魔しますね」

我ながら馬鹿だなと思いながら、そう答えてしまった。

そんなこんなで、ここは彼のマンションの寝室。

シーツもカバーも完璧にメイキングされたクイーンサイズのベッドを横目に、茜音はうしろから抱きすくめられていた。

ちょうど首都高速を見下ろせる位置に面した、全面ガラス張りの窓の向こうには目を見張るほど美しい夜景が広がっている。眼下には、光の粒子が交差する巨大なジャンクションがあり、それが林立する高層ビルの合間を縫ってはるか彼方まで延びていた。

遠く地平線まで光が散りばめられ、色とりどりのきらめきがダイナミックに迫ってきて、言葉が出ないほど素晴らしい。このままこのベッドに座り、いつまでも幻想的な明滅を眺めていたかった。

「すごく……綺麗ですね」

圧倒的なものを前にすればするほど、なぜ陳腐な言葉しか出ないんだろう。

彼の高い鼻先が、うしろ髪を割って入ってくる。

すっと深く吸い込む音がしたあと、熱い息がうなじにかかった。

茜音は「ちょっと」と冗談ぽく笑い、拘束を解こうとお腹に回った彼の腕を掴むも、それは予想以上に頑強だった。

「……ダメ？」

美しいバリトンが鼓膜を掠め、ゾクッとする。

「あ、あの、ダメっていうか、今日は別に普通の日だし……」

そうこうするうちにブラウスのボタンは外され、大きな手がタイトスカートの中に入ってくる。

「回数が多いに越したことはないだろ？」

乾いた手のひらに、内腿をさわりと撫でられ、ぞわぞわっと鳥肌が立った。

「……あっ……」

するりとショーツを引き下げられ、指先が秘裂をまさぐる……

……あっ……ああ……

ひどく繊細な指遣いで、敏感なところを愛撫され、そこはたちまち潤いはじめた。

がっしりした腕は粗野なのに、指先だけはうっとりするほど優しくて、堪らない気持ちにさせられる。

……龍之介さん、な、なんか指がすっごい優し……あっ……

くちゅ、ぴちゅ、とかすかな水音が鳴るたび、腿から腰に震えが走る。

「すっごい、濡れてる。もう、とろとろだ……」

低い美声は耳に心地よく、ますます酩酊が深まった。

ブラウスがはだけさせられ、ブラジャーのホックも外され、二つの乳房が露わになっていた。

い、いつの間に？　なんという早業っ……

ぎょっとする間もなく、蜜口から彼の指が、つるりと中に入り込んできた。

「……んんっ」

ゴツゴツと骨ばった指の凹凸を、内部に感じる。

長い指は奥のほうの媚肉を、ぬるりといやらしく掻いた。

「……んんんっ……！」

媚肉が自然と、指をきゅうと締めつけ、両膝がガクガク震えた。

たらり、たらり、と内腿を蜜が流れ落ちるのがわかる。

ちょうどお尻の上辺りに、彼の怒張したものがゴリッと当たり、どうしようもなく昂ぶった。

「……もう、準備いいかな？」

冷静な声が憎らしい。

彼は、ズチュッ、ブチュッと派手な音を立てて蜜壺を掻き回しながら、反対の手で乳房の蕾に痺れるような愛撫を施した。

あっという間に秘所は洪水となり、二つの蕾（つぼみ）は石のように高く尖（とが）る。腰からへなへなと力が抜け、彼に寄り掛かる形になった。

「……ベッドに行く？」

たくましい腕で支えながら、悪魔がささやく。

気持ちよさに抗（あらが）うことはできず、ただ黙ってコクンとうなずいた。

それから、彼に軽々とお姫様抱っこされ、シーツの上にふんわりと下ろされる。

仰向けに組み敷かれ見上げると、心の奥まで刺されるような双眸（そうぼう）に出会った。

きらめくグレーの瞳の奥に、黒々した情欲の炎が揺らめいている。見ているだけで引きずり込まれそうで、息を詰めて見返すしかなかった。

龍之介さん……。な、なんか、急にエロスイッチ入ってません……？

急くようにベルトのバックルを外しながら、彼は言う。

「今夜は、たくさんしようか。確率を上げるために」

茜音の返事を待たず、彼は覆（おお）いかぶさってきた。

いやらしくうねる龍之介の腰が、暗い窓ガラスに映っている。

それを視界の隅に捉（とら）えた茜音は、仰向けのまま両腕を頭上にだらりと伸ばし、足を広げて熱い楔（くさび）

を受け入れていた。

彼の腰がしゃくるたび、びちゃっ、ぶちゃっ、と粘度の高い水音が鳴る。

マットはリズミカルに弾(はず)み、肢体を揺らされながら茜音は、右手の甲がヘッドボードに、コン、コンと繰り返し当たるのを感じていた。シーツに広がった自分の髪が、ツタのごとく右腕に絡みついている。

もう何回、絶頂を迎えたんだろう？

頭がぼんやりと熱に浮かされ、数えられない。

耳の裏や首すじ、わきの下や乳房など、あらゆる敏感なところを丁寧に愛撫され、全身が液状化したみたくとろけきっていた。

秘裂から溢れた蜜は丹念に舐め取られ、敏感な花芽を攻め立てる緻密(ちみつ)な指技に、なりふり構わず乱れてしまう。

あまりに心地よすぎて、おかしくなりそうだった。

指一本一本の動き、舌遣いのすべてが、すごく丁寧で優しく、触れられるたびに震え上がるほど感じてしまう……

りゅ、龍之介さん……。なんで、こんなに……こんなに……

まるで女王に仕える下僕(げぼく)のごとく、彼はありとあらゆる妙技を尽くしてくる。永遠に続くかと思われた前戯の果てに、胸がときめくと同時に困惑もしていた。

……どうして？　なぜ？　ここまでする必要ある？　ただの契約なのに……？

オーガズムを迎えるたび、そんな理性の声は遠く、掻き消されてしまう。

次第に指だけでは物足りなくなり、もはやのっぴきならぬ渇望に、気づけば涙目で懇願していた。

そのあと、龍之介の巨大な雄を根元まで深々と受け入れ、不思議な安堵感に包まれる。

ああ……。あったかくて、すっごく気持ちいい。もう、早く、動いて……

それから始まったのは、まるで嵐のような荒々しい交わりだった。

猛々しい雄棒に繰り返し貫かれ、快感が脳天まで突き上げる。

触れ合う肌は汗でぬめり、乳房に当たるたくましい胸筋は熱かった。

鍛え抜かれた筋肉が躍動し、淫らな局部の摩擦に集中する彼に、身をゆだねるのはとても心地よい。

ただ無心に揺らされ、ズボズボと最奥を抉られ、やってくる絶頂の波間をたゆたう……

「んくっ、んっ、うっ……はっ、はぁっ……」

荒い息に交じって響く、彼の野獣のような声。

横目で窓ガラスを見ると、覆いかぶさる彼の背筋は高く隆起し、にじんだ汗がかすかにきらめいた。発達した尻の筋肉はギュッと引き締まり、怒涛のストロークで叩きつけ、硬い雄棒で奥のほうをぐりぐりと擦りつけてくる。

荒々しいけど嫌いじゃなくて、がっつかれるのも悪くなかった。肉食獣に襲われているときのシマウマは、こんな気持ちなのかな～なんて、呑気なことをチラリと思う。

あっ、あっ、あぅっ、す、すごっ、そこっ、ああっ……そこっ、そこ、あっ……

奥のほうのひりひりした摩擦に、だんだんうねりがせり上がってくる。

恥ずかしいほど蜜がこぼれ、お腹の中で暴れまくる雄棒に、媚肉が絡みついていく感覚があった。

「……う、あ……。す、すごい、吸いついてくるっ……」

彼は美貌をしかめ、堪えるように動きを止める。彼の顎先から汗の雫が、ポタリと鎖骨に落ちてきた。

不思議なことに、彼の汗はちっとも嫌じゃない。

……や、嫌だ……。い、今やめないで……。あと少しなのに……

「……ねぇ。俺とのセックス、好き?」

彼の湿った息が顎にかかる。

なにもかも気持ちよすぎて、頭のてっぺんから爪先まで痺れきり、早く動いて欲しかった。

「……あ、す、好きです」

至近距離で見ると、メガネ越しの瞳はひどく優しく、胸がきゅんとなる。

「す、好き。大好き……」

セックスが好きなのか、彼が好きなのか、わからない。わからなかった、本当に。なにも……

凛々しい唇が下りてきて、ふわりと唇を塞がれた。

……あ。
二、三度ソフトについばまれ、つるりと舌が入り込んでくる。
右手で彼の後頭部を捕らえると、ぐしゃぐしゃの黒髪は汗に濡れ、頭皮には熱気がこもっていた。

舌先と舌先が、甘く絡み合う。彼の舌はさらに奥まで入ってきて、やがて濃厚なキスに変わった。

「……んんっ……んふっ……」

唇と唇の隙間から、熱い吐息が漏れる。

……あ。キスするの、初めてかも。あんなにセックスはしたのに……

口腔内のあちこちをくすぐられ、うなじがゾクゾクし、意識が飛びそうになった。

とろけるような口づけとともに、卑猥な腰の動きが再開される。

猛りきった雄棒が、ズチュ、ズチュと蜜壺を掻き回しはじめた。

優しすぎる舌遣いに胸がドキドキし、好きな気持ちが高まって、媚肉がますます中の雄棒に吸いつく。

そうするつもりもないのに、動きに合わせて自分の腰が動いてしまう。

堪りかねたように彼は唇を離し、掠れた声でつぶやいた。

「……な、生だからもう、ヤバイ……。お、俺、もう……」

ラストスパートを掛け、腰の動きが加速していく。生のままの雄棒が、勢いよく膣道を前後に滑りまくり、擦れ合う粘膜に甘美な火花が弾けた。

「んっ、んっっ、んぁっ、あっ、あっ……！」

ゾクゾクゾクッ、と電流が腰から背すじを這い上る。

ぶちゅっ、びちゅっ、と激しく飛び散る蜜のしぶき。

りゅ、龍之介さんっ、な、なんか今日、エロスイッチが……は、入って、激しっ……

「だ、ダメだ俺っ……。チ、チカラ抜けよ……」

屈強な腰はガクガクと激しく前後に揺れ、矛先が最奥をずるりと滑り、深々と子宮口を押し上げる。

「あっ、やっ、もうっ、いっ、イッちゃうっ……」

せり上がったものが迫り、お腹にぎゅっと力が入る。

両腿を大胆に広げ、さらに深く受け入れようとした。

その瞬間、お腹に凝縮したものが、バンッと爆ぜる。

汗だくの体で覆いかぶさってきた彼は、四肢をふるふるとわななかせた。

「……んっ……くぅっ……」

お腹の中で、びゅるびゅるっ、と熱いものが勢いよく噴き出すのを感じた。

射出の圧を感じ、思わず息を呑む。

……あああ……。す、すごい、出てる……。いっぱい……

「……んっ……あぁっ……」

彼はセクシーにあえぎ、かすかに腰をひねり、どくどくと精を吐き出していく……

ゆるゆるとお腹から力が抜け、やがて全身が弛緩していった。

ほとばしる熱い精を受けとめながら、お腹の中が満ちていき、ぬるい温かさにうっとりしてしまう。

はあ……。き、気持ちいいよぉ……

長い射精をされながら、唇を塞がれ、糖度の高いキスに酔いしれた。

こんなキスをするのは危険だ、と頭の片隅で警鐘が鳴ったけど、気持ちよすぎてすべてがどうでもよくなってしまう……

舌先だけ繋がり合ったまま、二人の唇は離れた。舌を突き出しながら、彼は肩で大きく呼吸を繰り返す。

「……ご、ごめん。気持ちよすぎて……ちょっと……」

気まずそうに彼は眉をひそめた。早すぎた、と反省しているんだろうか？

「全然、そんな。すごく……よかったです」

他の男性と比較できないけど。

「……私、やっぱり、好き。龍之介さんの……」

恥ずかしながら告白すると、彼は愛おしそうに頬を撫でてくれ、ふたたびキスしてきた。

甘い口づけを交わしながら、お腹の中で彼が力を失っていくのを感じる。

不思議と優しい気持ちになり、とても満ち足りた余韻だった。

けど、契約出産にここまでやる必要ある……？　龍之介さんて……どういうつもりなの？

一瞬よぎった疑念は、優しいキスのせいで、淡雪のように溶けて消えた。

◇　◇　◇

結局、茜音が自宅マンションに戻ったのは、翌土曜日の夜だった。

腰はガクガクでうまく力が入らず、あちこちの粘膜がひりひりし、彼のものがまだ奥まで入っているような、生々しい痕跡にさいなまれている。

……さ、さすがに今回ばかりは妊娠したかも……！

体中を這い回る舌の感触を思い出すだけで、四肢に震えが走る。

龍之介は信じられないほどタフで、金曜の夜は一晩中寝かせてもらえず、昼過ぎに目覚めてからさっきまで、焼けつくような情交に耽っていた。

昨晩の龍之介は人が変わったように獰猛で、急くように求めてきて、野獣みたいにガツガツしていた。いやらしさはどんどんエスカレートし、思い出すのも恥ずかしいポーズを取らされ、容赦なく突きまくられた。

最後のほうになると、淫らなポーズで犯されるのがたとえようもなく甘美な愉悦に変わり、新しい世界がひらけた気がする……

龍之介さん、なんか変なスイッチ入ってなかった？　普段の彼らしくなかったような……

もう何度、彼が中で果てたか数えきれない。平均的な男性が一晩でどれぐらいするのか知らないけど、かなりタフな部類じゃないかと思う。鍛えかたが全然違うせいか、基礎体力と持久力がハンパなかった。

おかげで万年トレーニング不足の茜音は、腰をやられて歩けなくなり、情けない。

あれってカラダ目当て……？　それならそれで別にいいけど、女性に不自由していないはずだよね？　初回のときより、あきらかにパッションが強かったような……

熱いものがお腹の奥深くに潜り込んできて、精が放たれる瞬間は、ドキドキしっぱなしだった。

彼は堪らなく色っぽい声であえぎ、全身の筋肉をふるふるとわななかせ、雄棒の先端から勢いよく精を噴出させる……

その、とろりとした温度を、この体は生々しく記憶していた。

まぶたの裏に焼きついた、断片的な映像がよみがえる。

眉根を寄せまぶたを閉じ、喜悦なのか苦悶なのか、どちらともつかぬ表情を浮かべる龍之介。

高く隆起した筋肉は汗できらめき、少し身をよじっておののきながら精を放つ姿は、筆舌に尽くしがたい美しさがあった。

その刹那に立ち込める、むせかえるような雄のフェロモン……

見てはいけないものを見ている気がして、めちゃくちゃドキドキした。

お、男の人って、あんなに色気ムンムンなものなの？　ほんとにすごすぎたんですけど……

激しすぎる情交を少し思い出すだけで、体中が燃え上がる心地がする。

あのときは二人ともおかしくて、まるで発情期のときの獣みたいに、貪欲にまぐわい合った。

もっと冷静にならなきゃと思っていたのに、情熱的なキスを何度もされ、そのとろけるような甘さに、途中から頭がボーッと惚けてしまった。

あれほど優しく丁寧に愛撫され、すごく愛おしそうに秘裂を舐めしゃぶられて、正気でいられる女なんてこの世に存在しないはず。

ひ、菱橋龍之介、恐るべしっ……。あんな神業のような芸当を、ただ契約のためだけに軽々とやってのけるなんてっ……！

男とはつくづく恐ろしい生き物だと思う。目的のためなら、あんなにエモーショナルな愛撫やキスができるのだ。自分には到底できない、絶対無理だ。

途中から契約のことなんて吹っ飛んでしまい、無我夢中で応(こた)えていた。

私のほうは、本気で気持ちが入っていたから……

すっかり、龍之介の野性的な色気に魅了されてしまった。時折見せる、ひどく優しい眼差しや、繊細な指遣いにも……

「いやー。これは相当ヤバイことになってきたぞ……」

という独り言は、リビングに虚(むな)しく響く。

当初は海外で、顔も素性(すじょう)も知らない男性の提供を受けようと思っていたのに。まさか、契約相手に本気になりそうな事態に陥(おちい)るとは。

こういう場合、どうなるの？　万が一、私が龍之介さんに本気になってしまった場合……？

愛の告白なんて言語道断(ごんごどうだん)だ。あの性格なら、速攻で契約を解除されそう。むしろペナルティを課され、違約金を支払うはめになるかもしれない。いや、絶対になる。彼なら超有能な弁護士を立てて、徹底的にこちらを潰しにきそう……

となると、気持ちは秘めたまま、このまま契約を進めるとする。

妊娠して出産して彼に認知してもらい、そのあとは養育費が定期的に振り込まれるだけ……

わからない。今後、彼に素敵な恋人ができるかもしれない。そうなったとき、こちらにもの申す権利はないのだ。当たり前だけど。

彼によく似た赤ん坊を抱きながら歯噛みし、彼とその恋人を見守るだけしかできない。

想像するだけで頭が痛くなり、陰鬱(いんうつ)とした気分になってきた。

「……あー。シャワー浴びよ」

心なしか声もしゃがれている。あえぎすぎたのかも。

とにかく一刻も早く、この体に染みついた龍之介の痕跡を洗い流したかった。彼のマンションでシャワーは浴びてきたけど、もう一度念入りに浴びる必要がありそうだ。水風呂にも入ったほうがいいかもしれない。

そもそも、彼の家でシャワー浴びたとき、そこでも一回しちゃったんだよね……

龍之介宅のバスルームは広々とし、あらゆる設備が最新だった。感動しながらシャワーを浴び、体中についた体液を洗い流していると突然、全裸の龍之介が入ってきた。

驚いて振り向くと、彼の股間のものはすでに力強く勃ち上がり、内心ドキリとしたのだ。その少し前に、茜音の中で果てたばかりなのに……

無言でうしろから抱きすくめられ、さらにドキッとする。

そのあと立ったまま、彼はうしろから挿入(はい)ってきた。

印象深いのは、もうもうと立ち込める湯気と、シャワーが床を叩く音。手のひらに触れた、大理石のひんやりした感触。

まだそんなに濡れていないのに、このときの彼は少し強引だった。怒張(どちょう)のつるりとした先端がお尻に触れたと思ったら、もう蜜口にねじ込まれていた。

うしろから巨大な雄棒が、狭い膣襞を割り広げながら、ずぶずぶとみぞおちのほうへ進んでくる……

とっさに上体を前に倒し、お尻を突き出して受け入れる。

剥き出しの雄棒と、敏感になった膣粘膜が淫らな摩擦を起こし、そこがひりひりした。

う、うわ……んん……あぁ……

蜜壺を押し広げられる快感と、粘膜が擦れ合う恍惚境……

根元まで深々と呑み込んだとき、おのずと四肢がふるっと震えた。

みぞおちがせり上がる感じと、お腹いっぱいに広がる充溢感。

このときにはもう、蜜は絶え間なく溢れ出し、媚肉はひくひく蠢いていた。

シャワーを止める間も惜しんで、熱く、激しく、濃厚なセックスをした。

完璧に力を取り戻した雄棒に、うしろから情熱的に繰り返し貫かれ、最後は最奥でたっぷり精を吐き出された。

ほぼ同時に絶頂を迎え、膝にまったく力が入らなかったのを憶えている。

息を乱した彼が「ごめん」とささやき、その声がセクシーでときめいてしまい、「あ」とか「え」しか言えなかった。

どろりとした熱い精が、お腹いっぱいに広がっていく感触……

そうされるのは堪らなく甘美で、依存しそうなほどの中毒性があった。他の男性なら絶対嫌だけど、彼にならそうされてもよくて……

ぼんやりとそこまで回顧し、ハッと我に返る。


「わわ。やばいぞ……」


こうしていつまでも思い返していたら、あっという間に日が暮れてしまう。

現にもう、深夜の零時を過ぎていた。

いい加減、早くシャワー浴びよ……

えいやっと勢いをつけ、ソファから立ち上がった。

そのとき。


「……あっ……」


股の間から、こぽりと温かいものが漏れ出し、ショーツを濡らす。

まさか、これって……

どうやら、立ったはずみで逆流したらしい。

そりゃそうだよね。あんなに何回も出されたわけだし……


「これ、絶対に妊娠してるわ……」


独りごちつつお腹を押さえ、バスルームに向かう。

さすがＳｏｕｆｆｙのＣＥＯは、種付け一つ取っても格が違うんですね。まさに、執念の種付けという感じ……

脱衣所の灯りを点け、なにげなく鏡に映った自分が目に入り、ギクッとした。

「えっ……？　……なにこれ」

そこに映っていたのは、見たことのない他人だった。

いや、よく見たらちゃんと桐ケ崎茜音の顔かたちをしている。けど、全然違う人に見えたのだ。

たしかに茜音なんだけど、見知らぬ女性が茜音の皮を被っているような……

「なにこれ……。怖い……」

汚れを取るように、手のひらで鏡面を拭う。

鏡の中の女性は、驚いたように目を丸くしていた。キャラメル色の瞳は輝き、頬は紅潮し、たおやかな表情をしている。

いつになく、か弱い女性らしさが前面に出ているような……

ブラウスを押し上げているバストが、やたら大きく見え、両手でサイズを確認してしまった。

……なんだろ？　気のせいかな……

やっぱり、だいぶ重量が増した気がする。ひりひりした蕾がブラジャーの生地に擦れ、堪らない刺激に襲われた。たちまち蕾は硬く尖り、ブラウスをツンと押し上げる。乳房の先端にぷくりと突起があると、いやらしく見えた。

全身が性感帯になったみたいだ。あらゆる淫らな愛撫を施され、心も体も持っていかれてしまい、その呪縛から簡単に抜け出せない。

「うーん。やっぱり、エッチすると、女性の部分が開花するのかなぁ……」

なにかのコラムにそんなことが書いてあった気がする。

たしかに一理あるかもと思った。ついこの間まで、正真正銘の処女だったのだ。

それが、あれだけ濃厚なセックスを繰り返したら、自分が別人に見えたっておかしくない。ある意味、別人に生まれ変わったようなものだし。

気怠さに襲われながら服を一枚ずつ脱いでいく。おおむね計画はうまくいっていた。

今回のでうまく妊娠していればいいんだけど。そうすれば、もう彼といたす必要もなくなるわけだし……

なんとなく残念な気分になり、バスルームの扉を開け、おや？　と首を傾げる。なんで今、残念だなんて思ったんだろ？　今、残念な気分になったよね？

あれ？　私、妊娠したいんじゃなかったっけ？

それとも、彼に会いたい気持ちのほうが、強くなってる？

◇◇◇

「えっ？　毎週ですか？」

思わず声が大きくなり、茜音はとっさに周囲を見回した。

……大丈夫。室内には誰もおらず、声が外に漏れることはない。

万全を期し、出入口のドアに鍵を掛けた。

会話を聞かれたらまずいので、滅多に使わない社長室にこもっている。

『何度も言うけど、回数が多いに越したことはないだろ？　集中的にこなして、早めに決着をつけたい』

イヤホン越しの龍之介の声は、どこまでも冷静だ。

決着をつける、という表現が投げやりに響き、少し暗い気持ちになる。

事務的で義務的だな……当たり前だけど。

先々週の金曜日、龍之介の家に泊まったあと妊娠検査薬を試したところ、残念ながら陰性と出た。

しかし、まだ日数的に確定ではなく、これからクリニックに確認しに行こうと思っていたところだ。

あれからまた、連絡しづらい気持ちになり、クリニックの結果が出てから電話しようとだんまりを決め込んだ。そうこうするうちに金曜の夜……つまり今、彼から電話してきた上に、「毎週末会って、回数を増やそう」と提案してきたのだ。

「毎週っていうのはちょっと……龍之介さんも忙しいでしょうし」

茜音が渋ると、龍之介はテキパキと答えた。

『俺はまったく異論はない。この計画に賭けているから、多少の融通は利かせるよ』

「いや……けど……」

『君のほうに負担が掛かるなら、俺がなるべくサポートする。時間を取られないように迅速に送迎するし、場所も任せてくれればいい。たとえば、出張があるならば俺がそこまで迎えにいくし、君が長距離移動したり時間を取られたりしないよう、極力配慮するつもりだ』

なんだろう？　龍之介さん、なんか……焦ってる？　なんで、急に毎週会おうなんて言い出したんだろ？

彼の真意がわからない。しかし、ここまで言われると、どうにも否と言いづらい。

「でも、毎週っていうのは……あんまり……」

『なぜ？　俺になにか落ち度があったなら、率直に言って欲しいんだが』

「いやいやいや。落ち度があるとか、そういうことじゃないんですけど……」

まさか、あなたを本気で好きになるのが怖いんです、なんて言えるわけがない。

『ならばなぜ、躊躇（ちゅうちょ）する？　目的を達成するために協力しようと、契約書にも記載してあるじゃないか。それに、君だって好きだって言ってくれてただろう？　素晴らしいって絶賛してくれたじゃないか』

「あ、いえ。それは決して嘘じゃないんです。好きっていうのは本当で……」

『ならば、決まりだな。今週末の予定は？』

「えーと、今のところ、自宅で仕事しようかなぁぐらいで……」

予定アリと言えばよかったと後悔する。

けど、ないものはないんだし、出し抜けに聞かれ、嘘の予定を準備する暇もなかった。

『ならば、パソコンだけ持ってくればいい。中野のマンションまで迎えにいくから。あと、余計な荷物は持ってこなくていいよ。君もわかっただろうけど、別荘に全部あるから』

「あ、はい。わかりました」

『月曜の予定も教えてくれるとありがたい。なるべく長い時間一緒にいられるようにしたいから』

「わかりました。あとでお知らせします……」

『オッケー。じゃあ』

「お疲れ様です……」

強引に押し切られる形で通話は切れた。イヤホンを外し、長いため息が出る。

押しも強いし弁も立つし、論戦で勝てる気がしない……

かといって、そこまで支配的なわけじゃない。

たぶんこちらが「嫌だ」と言えば、彼はすぐに引き下がるとわかっていた。

一番の問題は、彼の強引なリードがそこまで不快じゃないことだ。むしろ、グイグイ引っ張ってくれる男性って素敵……ぐらいに思ってしまう。社長という立場上、周囲をリードすることはあっても、こんな風にリードされる経験は少ないから、頼もしかった。

やっぱり、めっちゃカッコイイんだよなぁ……。頼りになるし、イケボだし、頭もキレるし、なにより決断の早い人っていいよね……

うっとりと別世界にトリップしかけ、ハッと我に返る。

あれ。もしかしてこれ、だいぶ重症……？

彼に会えるのが超楽しみな自分に気づき、またしてもため息が出た。

二人は金曜夜に会うことになった。

龍之介は例のスポーツカーで中野のマンションまで来て、当たり前のように茜音をピックアップし、一路別荘へ向かう。深夜の高速は空いており、零時過ぎには湯ノ湖の別荘に到着していた。

「今夜はぐっすり寝て、土日ゆっくり過ごそうか。お疲れ様」

龍之介はそう言って、茜音のために整えられた寝室に案内してくれた。

ってことは、今夜はナシか。ふあぁー、ドキドキする……

正直、助手席に座って深夜のドライブをするだけで、胸が高鳴りっぱなしだった。

夜見る彼は昼間とは印象がガラリと変わり、どこか退廃的な色っぽさを漂わせている。

今まで生きてきて、ここまで頼りになる男性に出会ったことがなく、運転する姿も八割増しで格好よく見えた。さりげなくドアを開けてくれる、荷物を持ってくれる、さっと手を取ってくれ、服や髪型を褒めてくれる……エスコートは限りなくスマートで、女性をドキドキさせるには充分なのだ。

ちょっと、本当にこのままではヤバイかも……

焦りまくりながらも、広々したベッドを独りで陣取り、のびのびと体を伸ばした。

今週も仕事が忙しく疲れていたから、そんなときに独りにしてくれる行き届いた配慮も、かなりの高評価だ。

けど、龍之介さん、なんか……前にも増して焦ってる？　そんな感じがしたけど……

一刻も早く子供を作りたいと、なにかに急かされているようだ。

契約を交わした当初は悠々(ゆうゆう)として、余裕がある様子だったのに。

なにをあんなに焦ってるんだろ……？

考えてもさっぱりわからない。唯一、思い当たることがあるとすれば……

——最近、身の回りで変なことはなかった？

いつかの夜、龍之介にされた質問だ。

――見知らぬ人に声を掛けられたとか、いつもと違うような出来事のことだけど……

実際、声を掛けられたのだ。伊生京香という見知らぬ人に。

しかし、会ったのはあの一度きりだし、そんなことをいちいち龍之介に報告する必要もない。SNS社会というのもあり、著名な女性経営者というだけで、見知らぬ他人が一方的に接近してくるなんて、少なくないことだし。

もっと龍之介といろいろ話したいけど、普段はお互いよそよそしく距離を置いてしまう。

セックスのときは、あんなに距離が近いのに……

龍之介の身を案じる自分に気づき、いよいよヤバイぞ、と憂鬱（ゆううつ）になる。

いやいや。ダメダメダメ。彼は契約相手なんだから。これぐらいで落ちてなるものか！　絶対に絶対に負けないぞ！

もはや自分がなにと戦っているのかよくわからないまま、その夜は泥（どろ）のように眠った。

◇　◇　◇

もわもわした湯気が少しずつ消えていくと、背中から尻への艶めかしい曲線美が姿を現し、龍之介は生唾（なまつば）をゴクリと呑み下した。

茜音のつるりとした肌は桃色に上気し、水を弾（はじ）いて輝いている。

髪はアップにまとめられ、うなじにかかるおくれ毛に、色香が漂っていた。

丸みのある肩から肩甲骨、くびれたウェストからヒップまで、どこもかしこも柔らかそうだ。

やたら分泌される唾を、ゴクリゴクリと嚥下しながら、龍之介は思う。

どうしていつも、彼女を前にすると腹を空かせた野犬みたいになるんだろう？　そんなに下品な性分ではなかったはずなのに……

まったく知らなかった、〝本当の自分〟というものが暗い沼の底から引きずり出され、白日の下にさらされた気分だ。自分にこれほど粗野な一面があったとは、新たな発見だった。

それは、悪い気分ではない。どんなに野蛮で、動物的で、黒々した衝動だとしても、それを身のうちに見出すのは心地よかった。冷めきった自分にもこんなに熱い部分があったんだなと、うれしささえある。

いつの間にか日が落ちていることに、このときようやく気づいた。

……あれ。ちょっと没頭しすぎたか……？　今、何時だろう？

おそらく十九時か二十時か、その辺だろう。さっきまで二人してベッドの上で、盛りのついた獣のように耽っていたから、時間をすっかり忘れていた。

少し動くたびに湯船に張られたお湯が、ちゃぷんと鳴る。

ここはテラスにある、全面ヒノキ造りの露天風呂だ。さんざんまぐわったあと、一緒に入ろうと茜音を誘った。

「のぼせた」と茜音は立ち上がり、尻をこちらに突き出す形で、上体を床に押しつけている。

押しつぶされた乳房が横に丸くはみ出ているのを、うしろから眺め、うまそうだなと思った。

いや、別に構わないか。時間なんて忘れたって、別に構わないじゃないか。

艶美な腰のくびれに触れ、そーっと撫で下ろす。

すると彼女は、くすぐったそうに尻をわななかせた。それに構わず、豊満な尻を両手でわしづかみにすると、濡れそぼった薄紅色の秘裂が、ぱっくりと花開く。

とろり、と蜜口から白濁した液がこぼれ、内腿へ垂れるのが見えた。

小さな気泡を交じえながら、それは次々と流れ出てくる。

「……あ、出ちゃう……」

焦ったように、彼女はつぶやく。

ほんのり朱色に色づいた蜜口から、自らの放った精が溢れ出るさまは、身悶えするほど淫らだった。美しいそこを見ているだけで、股間のものに力がみなぎり、硬く雄々しく勃ち上がる。

「なら、もう一回、しようか……」

興奮のあまり声が掠れ、我ながらエロいなと思う。

「あの……。でも、ちょっと、ペースが……」

今夜の彼女はなにを不安がっているのか、消極的だ。

それでも体のほうは正直で、丁寧な愛撫を施すたびに色っぽい声で啼き、エロティックな反応を見せてくれた。

「時間もあまりないし、なるべく濃度を上げようか」

そう言って、膨らんだ雄棒を構え、蜜口に押しつけた。

すると、蜜口はますます大きく開き、クチュッ、と誘うように鳴る。

その淫靡な音とともに、中の媚肉がピクピクッと蠢くのが見え、焼けつくような飢えが股間に走った。

急激に喉が渇き、早く挿入しなければ、と焦燥に駆られる。

すでにぬるぬるだった蜜口に、つるりっ、といとも簡単に先端が滑り込む。

尻を掴んだまま強引に、腰をぐいっと前に押し進めた。

雄棒の先端にぬらぬらした生の媚肉が絡みつき、それがじわじわ根元に迫ってくる。

背筋が震えるほどの刺激が生まれ、一瞬で昇天しそうになった。

それをどうにか堪え、ずぶずぶと雄棒を呑み込ませていく……

「ちょ、ちょっと待って龍之介っ……さ、ん、んんっ、あぁぁぁ……」

やがて雄棒は根元まで深々と埋まり、先端が奥まで届いているのがわかった。

掴んでいた尻をギュッと握り、さらに腰をぐっと密着させると、「んんんっ……！」と彼女が苦しそうにあえぐ。

「あ……。ふ……ふ、深いっ……龍之介さ……」

先端から根元まで、とろとろの柔らかい媚肉にくるまれた。

ああああ……あったかい……。これは……すごい……

熱を持った媚肉がひくひくと蠢き、敏感なカリのところを淫らに擦りつけてくる……

「……んぐ、……くっ……」
ヤ、ヤバイ……。一気にイキそ……
腰の筋肉にぎゅっと力を込め、迫る射精感をどうにかやり過ごす。

彼女は「ペースが早い」とか「やり過ぎだ」とか文句を言いながらも、膣内の蠕動は信じられないほど猥褻で、とろとろに吸いついてきては、精を搾り取ろうとする……

生のまま深く挿入し、雌の本能のままに精を搾り取られるのは、たとえようもない愉悦だった。

一度、その甘美な味を知ってしまうと、もう後戻りできず、依存症のようになってしまう。

うしろから彼女の上体を抱きしめると、腕に触れる肌は頼りなく、柔らかかった。

豊満な二つの乳房を掴み上げると、それはみずみずしく張りつめ、ぷるんと手を弾き返す。

ぷるぷるした感触を味わいながら揉むと、硬く尖った蕾がコロコロと指に当たった。

挿入した雄棒にますます力がたぎり、自然に腰が動き出す。

膣内は放たれた精と溢れ出る蜜で、沼のようにぐちゃついていた。

奥のほうを掻き回すたび、グチャッ、ブチュッと卑猥な音が響く。

「あっ、あっ、あぅっ、ちょ、ま、待って……また、ダメ……」

彼女はたまりかねたように、両手を床について踏ん張った。

口では「ダメ」とか言うくせに、尻をこちらに突き出し、乳房を張りつめさせ、蕾をいやらしく勃たせて、蜜をこぼしながら媚肉が淫らに吸いついてくるから、始末に負えない。嫌がっているのは口だけで、彼女の肉体のすべてが、雄の精を欲している……

体中の血が沸騰するほど興奮した。

まさか、これほどまで淫乱な反応を示すとは。ついこの間まで処女だった彼女が……

彼女は俺と交わって初めて雄の味を知り、雌の快楽を知った。

そうして今、雌としての本能を美しく開花させている。

濁流のような衝動に任せ、無我夢中で腰を振りたくった。

剥き出しの雄棒が媚肉をくぐるたび、震えるほどの快感が腰に響く。

今すぐにでも、熱い精を放ちそうになりながら、彼女の感じやすい奥のほうを突き続けた。

「あ、あっ、あぅっ、き、気持ちいいよっ……」

前後に体を揺らされながら、蚊の鳴くような声で、彼女は言う。

どんどん膣道がすぼまり、媚肉がぬちゃぬちゃと迫り来ては、雄棒を淫らに搾り上げた。

うっ、んっ、うわっ、ぐっ、や、ヤバッ、と、とろけそう……

彼女に強く求められている気がして、そのことに抗いようもなくドキドキする。

こうして搾られることが、雄としての深い悦びを呼び起こした。

「ああっ、んっ、んっ、んぅ、いっ、いっちゃうっ……」

猫が伸びをするように、彼女は背筋を反らせ、ふるふると四肢を震わせた。

これが絶頂の兆しだ。ようやく解放できると、汗を飛ばしながら、ラストスパートをかける。

細いウェストを掴んで引き寄せ、雄棒の敏感なところを、奥の媚肉にいやらしく擦りつけた。

腰から全身に、ゾクゾクッと戦慄が走る。

んっ、ん、んっ、あっ、で、出るっ……

熱く溜まったものが尿道をとおり抜けた。

とっさに腰をより密着させ、深いところでひと息に精を放つ。

びゅるびゅるっ、と勢いよく噴き出し、突き抜けるような快感に、意識が真っ白に飛んだ。

うわ……。ああ……やば……

あまりの快感に腰をぶるぶる震わせ、温かい膣内に注ぎ込む。

その刹那、体も心も深く満たされるような、かつてない充足感が訪れた。

疲労と罪悪感と祈りに近いような感情が、ない交ぜになる。

すでに彼女は脱力し、上気した頬を床につけ、肩でわずかに息をしていた。

「……出てる。……いっぱい……」

弱々しい彼女の声が、無性に愛しい。

そうだよ。君と一緒にいると、俺はさ……

こうして彼女を抱きしめていると、仕事でのしれつな競争や大衆の攻撃から逃れ、ほっと心が温まった。無心に体を繋いでいる瞬間だけ、苛立ちも警戒心も消え失せ、ふっと心が広い場所に出て自由になれる。

奇しくも、二人の間に横たわる契約という名の溝が、もどかしさを倍増させていた。

真面目に契約を履行しようとする彼女は信じられるし、凛として自立したところは好感が持てるし、処女だったのに強がっているのも、すごく可愛い。

行為の最中に色っぽい顔で「好き」「大好き」と何度もささやかれるたび、理性がぐらつき、胸がめちゃくちゃに掻き乱された。たとえそれが、人格に向けられた言葉じゃなかったとしても……

彼女が自分の子供を産むのを想像するのは、楽しい。

そのとき、彼女と自分の関係はどう変化しているんだろう？　きっと明るく、騒々しく、温かい未来が待っていそうだ。

いつの間にか彼女の存在が、忍び寄る闇を払ってくれる、魔除けのお札みたいになっていた。

挿入したまま上体を倒し、綺麗なうなじのくぼみに、口づけを落とす。

このとき、彼女の内側で小さな命が宿るイメージが頭をよぎり、うれしさが込み上げた。

そうだ。それは悪くないのかもしれない。俺は彼女を欲しているし、二人の体の相性はこれ以上ないほど完璧だし。それで契約も成就(じょうじゅ)するのだから、いいことずくめじゃないか。

腕の中の彼女の体温を感じながら、ふとわからなくなる。

この気持ちが好きというやつなのか？　愛情と呼んでいいものなのか？

ただ一つ、願うのは……

さっきのイメージが、現実になればいいのに。

「あっ、あのっ。もう、キスしないで……。しないでください」

仰向けの茜音は、龍之介を見上げて懇願した。

ようやく言えた、と茜音は内心胸を撫で下ろす。龍之介がなかば強引にコトを進め、超絶技巧の指戯で骨抜きにされてしまい、ずっと言えなかったのだ。

「……なぜ？」

龍之介は低い美声で問い、指でそっと茜音の頬を撫でる。

そこにチリッ、と火花が弾けた感じがして、茜音は反射的に片目をつぶった。

「な、なぜって……。とにかく、ダメなものはダメなんです」

心まで持っていかれそうになるからやめて、なんてさすがに言えない。

「……ダメ？　ダメって、キスされるのが嫌なの？」

龍之介は意外そうに、メガネの奥の目を丸くする。

「い、嫌です。嫌なんです……」

焦ったせいで声が裏返った。それとも、嘘を吐いたせいかもしれない。

こうして裸で彼に優しく抱かれ、しかも彼のものを深く孕んだまま、胸の蕾を愛撫されながら訴えるのは、我ながら説得力がないと思う。けど、これ以上甘々ラブラブの雰囲気で深いキスを何度もされると、本当にまずいことになるから、「やめて」とお願いするしかない。

龍之介の親指に、そっとおとがいを持ち上げられた。

音もなく唇が下りてきて、二人の唇がすんなり重なる。

……んっ？　ちょ、ちょっと、言ってるそばからいきなりっ……！

抵抗も空しく、いとも簡単に舌がするっと侵入してくる。

彼は片腕をついて上体を少し起こし、顔を何度も斜めに傾け、本格的なキスを仕掛けてきた。

深い想いのこもったキスに、脳髄まで溶け落ちそうになる。

……ちょっと待って。深い想い？　いったい、なんの？

そう感じるのはきっと気のせいだ。そんなことは重々わかっているけど、舌先のタッチが切なくなるほど繊細で、愛情が注がれている錯覚に陥るのだ。

……んや、やめて……。やめてってばっ……！

心はそう叫んでいるのに、舌は勝手に動いて彼に応えてしまう。

彼のうしろ頭を掴んだ指は、ぐしゃぐしゃと硬い髪を乱すだけにとどまった。

唇と唇の間から漏れる息に、彼のあえぎ声が交じる。

彼は真上から圧し掛かる形になり、蜜壺に埋まっていた雄棒が、おもむろに抽送をしはじめた。

大きく開かれた茜音の足の中心で、引き締まった腰が淫らなリズムでのたうつ。

「ん、んっ、んんっ、んぁっ……！」

舌と舌は繋がり合ったまま、鋼鉄のようなものが繰り返し最奥を突いてくる。

一撃ごとに押し上げられ、臨界点はもうすぐそこだった。

たび重なる激しい性交の果てに、膣粘膜はひりひりするほど敏感になり、少しの刺激で飛び上がるほど感じてしまう。全身が性感帯になったようで、オーガズムに達しやすくなっていた。

剥き出しの雄棒が、膣道を滑り抜けるたび、ゾクゾクッと電流が駆け抜ける。

あぅっ、ま、またっ、いっ、イッちゃうよぅっ……！

股間にせり上がってきたものが、急速に張りつめる。

両腿にぐっと力が入り、より広げられた股間の中心を、雄棒がまっすぐに貫いてきた。

「……う、嘘吐けよ……」

ガクガクと前後する腰のせいで、意地悪そうな彼の声がブレる。

「本当は、好きだろ？　こんなになって……セックスだけじゃなくて、キスも好きなんだろ？」

硬い雄棒は蜜壷に深々と食い込み、そこで淫らな前後運動を繰り返す。

「……やっ。……い、いっ、んっ、だって、ばっ……」

びちゃっ、ぐちょっ、と白い蜜が掻き出された。

「い、言えよ。好きって、言え。言えって……」

ガクガクガクッ、と屈強な腰が大きく痙攣する。

矢じりの部分に、最奥を強く擦りつけられ、ギリギリまで張りつめていたものが弾けた。

「……ああっ、もうっ……」

イッちゃうっ……！

ぎゅっと目を閉じると、強い緊張からパァンッと一気に解放される。

白い稲妻に全身を貫かれ、一瞬、なにがなんだかわからなくなった。

「……言えよっ」

低く、しわがれた声。同時に、唇が唇で塞がれるのを感じた。

腰から太腿から徐々に力が抜けていく……

だらりと開かれた口に、熱い舌がふたたび侵入してきた。

あああん……。き、気持ちよくて……ああ……

「す、好きっ……。大好き……」

唇が離れた刹那、感情がほとばしった。

呼応するように、ブルブルッ、と彼の腰の筋肉がわななく。

お腹の奥で、勢いよく精が放たれた。雄棒はビクビクしながら、どんどん精を吐き出していく。

熱い精が子宮口に当たり、うっとりするような刹那をたゆたう。

「んんっ……んくっ……」

快感を堪えるように、彼はうめいた。

……あああ……な、なんかもう……気持ちよすぎて、死んじゃいそう……

濃厚なキスをされながら、長い射精は続く。

口腔深く、膣奥深くまで彼の侵入を許し、なにかを明け渡している感覚があった。

好きな気持ちがあれば、こうしてすべてを明け渡せるのだ。

指先に触れる広背筋は汗に濡れ、胸筋越しにある彼の鼓動は轟いている。

彼は時折、唇を離して荒い息をし、ディープキスを繰り返しながら、一滴も残さず出し尽くした。

全身がこんにゃくみたいに、ふにゃふにゃになってしまい、無抵抗ですべてを受け入れる。

蜜壺内で雄棒がドクドクと脈打ち、射精のときに彼の舌がダラリと弛緩するのを感じた。

恍惚境に連れていかれ、今の気持ちがうわごとのように口からこぼれる。

「はあ……。もう、気持ちよすぎて……好き。すっごく、好きです」

「そんなにいい？　俺とこういうことするの……」

「すごくいいです……。もう、毎日したいぐらい……」

「気持ちいい？」

「はい、すっごく。もう、おかしくなっちゃいそう……」

「好き？」

「好きです。ほんとに、好き……」

汗で濡れた屈強な体にしがみつき、感じたことが口からだだ漏れだ。

だって全部本当のことだし……

すると、彼は恥ずかしそうに頬を染め、視線を逸らした。

「俺も、好き」

ボソボソと言われ、不覚にもキュンとしてしまった。

そういえば、初めてだと思った。彼が自分の感情らしきことを口にするのは……

一瞬で舞い上がりそうになり、ちょっと待てよ、とブレーキを掛ける。よくよく考えたら、彼は私との「セックスが」好きだと言っただけで、私を好きだとは言ってないぞ……

なにも言えないでいると、彼は愛おしそうにメガネの奥の目を細めた。

「……大丈夫？」

声は甘く、優しい。彼の指がいたわるように唇を拭う。

「あ、あの……。あまり、優しくしないでください」

これは正直な気持ちだった。セックスのしかたも、キスのしかたも、彼は優しすぎるのだ。

「なぜ？」

少し驚いたように彼は目を見開く。

相変わらず彼の指は、唇のラインに沿って行ったり来たりしていた。

「なぜって……。私も一応女ですし、これは契約だし……」

「なぜ、優しくしちゃいけない？　契約書に優しくしちゃダメなんて、書いてないだろ？」

そう言いながら彼は、両腕で抱えた枕に片頬を押しつけ、にっこりと微笑んだ。

つい見惚れながら、これがモテる男の真髄（しんずい）だと理解した。

とびきりのセクシースマイルで、無差別に多くの女性をメロメロに悩殺するのだ。

「俺のキスも好きだろ？」

悩殺野郎は声まで死ぬほどセクシーだ。

声を出そうとしたら、喉がクッと鳴った。

好きじゃない。嫌いなんだってば。あなたのキスは、心までさらわれそうになるから……

そのとき、彼がチュッと可愛らしいキスを唇にしてきて、いとも簡単にノックアウトされた。

「……好きだろ？」

悪魔のように美しい唇が問う。

「好き」

そう言ったあと、恥ずかしさで体が燃えるようだった。

「……うん」

その相槌は無垢（むく）で、ふたたび彼は唇を重ねてくる。

もう、抵抗する力はほとんど残されていなかった。

ああ。今、何日の何時だっけ？　二人の時間はあとどれほどの猶予（ゆうよ）があるの？　ずっとこうして、なにも考えずに溺れていたい。責任も義務も契約も、なにもかもすべて忘れて……

ねぇ、あなたはこのことについて、本当はどう思ってるの？

それとも、気持ちなんてなくても、誰に対してもそんなに優しくできるの？

ここまでされて、期待しないでいるのは難しいよ。

あなたも私と一緒にいたいと、少しでも思ってくれてる？

◇◇◇

これはもう、素直に気持ちを打ち明けるしかないか……

翌朝、一人で目覚めた茜音はダイニングルームの椅子に座り、そう思い至った。

さっきベッドを抜け出したとき、龍之介はまだ熟睡していた。

昨日、あれだけ濃厚なセックスを数多くこなせば、さぞかし眠りは深いことだろう。

いっぽう茜音は、あれこれ悩んで不安ばかりが募り、目が冴えてほとんど眠れなかった。

あれから、思い出すだけでゾクッと震えが走るほど、甘く濃密な時間を過ごした。

優しく降る雨みたいに「好きだよ」「綺麗だ」ととめどなくささやかれ、途方もなく丁寧に花芽や蕾を舐めしゃぶられ、気持ちのこもった愛撫をあちこちに施された。熱っぽい眼差しでのぞき込まれながら、ときに激しく、ときに優しく突きまくられ、深い口づけを何度もされた。

「キスはやめて」と懇願するも聞き入れられず、抗えば抗うほど口づけはより甘く、濃厚なものに変わっていった。誘うようなキスに魂までとろかされ、やがて無抵抗ですべてを受け入れていた。

好きだと告げられながら、膣内で果てられるとき、愛されている気がした。

彼の言う「好き」は、肉体だけに向けられたものなのに、すべてを愛されているような錯覚に陥る。それぐらい、彼の眼差しや声音や指遣いはとても演技とは思えず、魂がこもっていた。

出会った当初は、彼のセックスだけが好きだった。

性格や人柄には興味を持たないよう、注意していたのに。

繰り返し、体を開かれていくうちに、心までこじ開けられてしまった。

筋肉質な体躯にしがみつき、ほとばしる熱い精を受けとめ、心の奥まで明け渡していた。

そうすると、心も体も満ち足りて、女性としての悦びを知るのだ。

そんな、魂まで繋がり合うようなセックスを繰り返し、平静でいられるわけがない。

嵐のような情交の時間が過ぎ去ったあと、たくましい腕に抱かれ髪を撫でられながら、どうしようもなく彼に恋している自分に気づいた。

厚い胸板に鼻先を埋め、完全に恋する乙女モードになり、ドキドキしては不安になってを繰り返し、お腹に湛えた彼の残滓さえうれしく感じた。すやすや眠る彼の寝顔があどけなくて可愛くて、きゅんきゅんしまくりながら、写真を撮りたい衝動をかろうじて堪えた。

愛おしい気持ちで一晩中、彼の美しい寝顔を眺め回し、しらじらと夜が明ける頃、ようやく現実と向き合うときがやってくる。

契約をどうするのか。彼との関係をどうするのか。

彼の「好きだ」という言葉。これは本心だと思う。けど、彼が好きなのはたぶん、茜音とのセックスであり、茜音の肉体であり、茜音の人格部分は含まれないのだ。

あくまで、茜音は彼の子供を産み落とす、重要な媒体に過ぎない。

やっぱり、バチが当たったのかなぁ……

自業自得だと思う。契約のために龍之介を紹介してもらい、自ら方法を変更しようと提案し、妊娠のために抱き合ううちに、心までさらわれてしまうなんて……

「どうしたもんかなぁ……」

独り言は、シンとしたダイニングに虚しく響く。

――茜音、これだけは憶えておいて。いつだって素直に心を開くことだけが、最良の結果をもたらすんだよ。

ことあるごとにそう教えてくれたのは、亡くなった父だった。

――心を開いたからって、相手が思いどおりになるわけじゃない。そうじゃなくて、自分の気持ちに正直になれたなら、それだけ心の芯が強くなるんだ。そうすれば、誰に否定されても、なにが起きても、暴風雨にさらされたって、大丈夫。心がしなやかに乗り越えてくれるから、すべてが自分の糧となるよ。

父は病弱だったけど、とても感受性の強い人だった。他人の心の変化に敏感で、音楽と絵と物語を深く愛し、世間の嘘をすぐ見破ってしまうけど、家族にはとても優しかった。人間として根本的に大切なものをしっかり押さえ、その見えない法則に従って生きているところがあった。

まるで、体の健康と引き換えに、別のなにかを手に入れていたみたいに。

そういう父の性格は、今の世にそぐわず、生きづらかったかもしれない。

体は弱いけれど、心はとても強い人だった。

父の死後も、父の遺した言葉は茜音の手をしっかり握り、導いてくれている。

目を閉じて深呼吸し、意識を集中させ、自らに問うた。

さあ、素直になろう。私の本当の気持ちはなんだろう？　私の素直な心は、どこにあるの？　子供が欲しいの？　契約が大切？　それとも、龍之介さん？　なにが望み……？

手のひらを胸に当て、じっと心の内側を探る。

ずっと胸の中に居座っているのは、たった一つのことだけだった。

そのことを思うと、哀しい気持ちになる。

勝ち目のない勝負に挑まずして敗北したような、情けなく、やるせない気持ち。

変えられぬ運命を前に、ただ立ち尽くすような、無力感。

視線を上げると、全面ガラス張りの窓から、朝の湯ノ湖が見渡せた。

空は灰色の雲に覆われ、ちょうど湖の中央で雲間から光が差し、一本のまっすぐな剣のようだ。

湖面は鈍色の空をそのまま映し、それが黄金の剣と対比になり、神々しい。

不意に、泣き出したい衝動に駆られた。湖がとても綺麗で、雲も光も木々も山もなにもかも綺麗すぎて……

それらが綺麗であればあるほど、哀しいのだ。

涙腺がつぅーんとし、喉の奥が熱くなる。

嗚咽しないよう堪えていたせいで、龍之介がリビングに入ってきたことに気づかなかった。

音もなく彼が傍まで来て、振り向くと目が合った。

彼は言葉を失ったかのように、じっとこちらを見つめている。その瞳は少し冷めた光を湛えていた。

その凛々しい双眸を見ながら、言葉が自然と口をついて出る。

「ごめんなさい。私、あなたのこと、好きになりました」

「ごめんなさい。私、あなたのこと、好きになりました」
桐ケ崎茜音の告白に押しつけがましさはなく、シンプルできっぱりしたものだった。

とても彼女らしい、と龍之介は思う。素直で率直で、少し気遣いがあって。

この告白を聞いたとき、うれしくなかったといえば嘘になる。

龍之介はいつしか、好きなものをちゃんと「好き」と言える人間しか、信じられなくなっていた。見知らぬ匿名(とくめい)の輩(やから)につきまとわれているせいもある。彼らは龍之介を監視し、なにかと理由をつけて叩いてくるが、そうされる理由もわからない。一方的な執着を向けられ、なぜ自分だけが彼らに見出(みいだ)されるのかわからず、ひたすら困惑するしかなかった。

こちらは、一ミリも興味なんてないのに。

自分に向けられた得体の知れないエネルギー。正直、不気味で怖かった。

だから、それにちゃんと「これは好意です」「あなたが好きです」と名をつけてくれると、少し安心できた。不気味な執着が理解できるものに変わるから。受け入れるか拒絶するかを選ぶことができるし、対処のしようもある。

それは、一つの誠実さだと思えた。他人に深く関わろうとするときの、誠実さ。

不思議なことに、こんなにシンプルなことをちゃんと実践できる人は少ない。

多くの人が格好をつけ、本心を誤魔化(ごまか)し、自分を見失って生きている。

小学生が好きな女の子を残酷にいじめ抜くように、大人になっても同じことが繰り返されているのだ。

身辺で起きている一連のことについて、龍之介はそう考えていた。

そのことに対してできることはなにもなく、根本的な解決はできないことも知っていた。

別に気にすることはない。警察の対応のように事件性がないもの以外、無視すればいい。なにを言われようが、なにが起きようが、すべて無視して生きていけばいいだけだ。

だが、自分の中でなにかが少しずつ壊れていく感覚があった。

一つ、人の悪意に触れるたび、一つ、人の暴力性を目の当たりにするたびに、だんだん人を信じられなくなっていく。人間なんてこんなものかとあきれ、これはひどいと失望し、すべてがどうでもよくなるのだ。金属が徐々にさびていくように、心が緩慢に劣化していく感覚がついて回っていた。

なにかに真剣になる気持ちを忘れ、景色は生き生きした色を失い、感動したり涙したりする機会も減った。深刻なダメージを皮肉って茶化し、冷笑することばかりがうまくなった。

同時に、これが大人になることだと理解していた。誰もが世に出て悪意にさらされ、ぶつかってすり減って、踏みつぶして踏みつぶされ、徐々に劣化していく。きっとそれが自然な流れだし、それで世の中が回るよう、うまくできているのだ。

こうして、肩書きや資産ばかりが膨れ上がった、一人の男ができあがった。契約書を交わして出産してもらい、後継者をもうけようなんて、つくづく人間味の薄い自分らしいと思う。

だが、それでいいやと、どこか楽観視している自分もいた。自然の流れなんて、不自然なものをたくさん含んでいるし、契約という枠組みの中で最善を尽くせればいい。

世間的に見て最悪の状況でも、「うん。これが最良だ」と自分で言えるかどうかだ。

予期せぬハプニングに身を任せるしかなくても、終わってみたらなかなかよかった、ということも有り得る。

そうして、まさに今、予期せぬハプニングが到来していた。

初台のマンションで茜音と過ごして以来、彼女に会えない日々が続き、じれじれとイライラがＭＡＸになったとき、ようやく彼女と連絡が取れ、さらうように別荘まで連れてきた。

相変わらず彼女の反応は素直で可愛く、腕の中で何度も「好き」とささやかれ、すっかり有頂天(うちょうてん)になった。実際、彼女とするセックスはすごくエモーショナルで、人間らしい温かい気持ちになれる。

とっくの昔に捨て去り、その存在さえ忘れていた淡い感情に、もう一度触れられた気がした。

翌朝、一人で目覚めてリビングルームに下りると、彼女は隣接するダイニングエリアの椅子に座り、ぼんやりと湖のほうを見つめていた。

寝ぐせだらけのロングヘアを片側に下ろし、ボルドーのタンクトップにダメージデニムを穿いていても、なぜかお洒落(しゃれ)で華やかな印象を受けるから不思議だ。

こちらは上半身裸にサーフパンツ一丁という格好だったが、構わず近づいていっても、彼女は視線を湖に遣ったまま、微動だにしない。曇天(どんてん)で鈍くなった朝の光が、彼女のほっそりした横顔を縁取(ふちど)り、淡く発光して見えた。

このとき、目の前の女性がまったくの見知らぬ他人に思え、とっさに足を止める。

……えっ？

錯覚かと思い、ゴシゴシと目を擦り、彫像のように動かない彼女をまじまじと見つめた。

……いや、気のせいだ。たしかに、茜音で間違いない。当たり前だが。

しかし、初めて会ったときのテキパキした彼女とも、情を交わすときの甘い彼女とも違い、ガラリと雰囲気が変わって別人のように見えた。

どこか物憂げな表情で、瞳は光を反射してきらめいている。

なにかあきらめたと同時に覚悟を決めているような、凛とした趣があった。女性としての色気はぐんと増し、これは自分が与えた影響かもしれないと思うと、無性にドキドキする。

純粋に、美しい女性だと思った。

騒々しく華やかで天真爛漫かと思いきや、こんなにしっとりした空気も出せるのだ。

声も掛けられず見入っていると、彼女は音もなくこちらを振り返り、こう告げたのだ。あなたのこと、好きになりましたと。

このとき、彼女の瞳が弱々しく揺らぐのが見え、はっと心を打たれた。

「……あっ……」

とっさに返す言葉が出ず、馬鹿みたいなリアクションしかできない。

なぜだろう？　好きだと告白されたはずなのに、どこか寂しげな彼女の表情に不安を覚え、ただ無言で見つめ返した。

「ごめんなさい。あきらかな契約違反ですよね、こういうの。実は前からこうなる予感がしていて……どうしようか悩み続けてました。契約の履行を優先すべきか、それとも……って」

彼女はテーブルの上で組んだ手に視線を落とす。片側に下ろした柔らかそうな髪が、するりと服の布地を滑り下りた。

「けど、これが今の私の本当の気持ちです。もうこれ以上、嘘は吐きたくないから……」

これ以上？　処女を隠していた件だろうか？　むしろ、あれは強がりの彼女らしい、可愛らしい嘘だったが……

彼女は笑っているような泣いているような、形容しがたい表情でこう言った。

「あなたを、好きになったみたい。すごく」

語尾が震え、裏返った声。

それはみっともないはずなのに、真剣さが伝わってくる。

奇妙なことに、そのみっともなさが、うらやましかった。格好つけず、ストレートに「好き」と言える彼女が。他人の前で心を丸裸にできる、その勇気が。

自分には到底できないなと思った。

以前は、どれだけスマートになれるかに心を砕き、思わせぶりな態度で相手の気を引き、本心を隠して駆け引きを楽しんでいた。「好きになったほうが負け」という言葉もあり、相手の女性も感情をセーブしていたし、本気になる人間をどこか冷笑する空気があった。

けど、そんなものは本当にくだらないなと思えた。

ただ傷つくのが怖くて、ダサい自分をさらしたくない、臆病者なだけじゃないか。

女性には純粋さを求めるくせに、俺自身に純粋な部分が欠落していたんだ。完全に。

そのことがすんなり理解できた。今、この瞬間に。

「どうしましょう？　契約は……。こんな気持ちで、あなたと書類上の夫婦になるのは難しいかなって。ごめんなさい、本当に」

彼女は困ったように眉尻を下げ、ふたたび謝罪する。

「い、いや……」

どう言おうか、どう返そうか、頭だけがグルグル空回りし、食い入るように彼女を見つめた。

すると、彼女はすっくと立ち上がり、つきものが落ちたような顔で言う。

「私、帰りますね」

「えっ……？」

「送ってくれなくて大丈夫。タクシーを呼びますから」

ちょっと待ってくれ！　俺はこのまま契約を続けたい。

そう言えばいいだけだ。いや、それだけじゃ言葉足らずか。

そうじゃなくて、契約だけじゃなくて、もっと今の気持ちにふさわしい言葉が……

格好つけて嘘を吐くことに慣れすぎたせいで、まるで呪われたみたいに喉が強張（こわば）り、声を出せなかった。

「ごめんなさい。あなたを困らせたいわけじゃないんです、ほんとに」

「いや、しかし……」

「すぐに白黒はっきりさせろ、なんて言いませんから。少し落ち着いてよく考えて、未来のことも、契約のことも……それから、どうするか決めましょ。だから、帰りますね」

気丈にも彼女は微笑んだ。

その健気さに、一発でノックアウトされた。

こんな風に、純粋な好意をストレートに受け取る機会は少ない。

多くの人が最初は、「あなたのファンです」という顔で近づいてくる。しかし、龍之介が思いどおりにならないと知るや否や、その暴力的な本性を剥き出しにするのだ。

そう、伊生京香もその一人だった。

結局、彼らはファンでもなんでもなく、ただ龍之介を支配したいだけなのだ。

茜音からはそういった支配の匂いはしなかった。好きになって申し訳ないという遠慮があり、それは水みたいにさらっとしている。そして、今すぐこの場から立ち去ろうとしていた。

彼女は明るくて軽やかな性格だから、暗い執着を持ち合わせていないのだ。

苦手な人間ばかりにつきまとわれ、好ましい人間は手をすり抜けて去っていく。

なぜか世の中はそんな風にできているらしい。

「ちょ、ちょっと待ってくれ！　まだ話したいことがあるんだ」

今、彼女を引きとめなければ、きっと後悔する。そのことだけは、鈍感な自分にもわかった。

彼女は振り返り、こちらを見つめる。少し怖がっているような、期待に満ちた眼差し……

正直な気持ちを伝えようと、口を開く。

「……お、俺は、俺はさ……」

そのとき、スマートフォンから緊急の呼び出し音が鳴り響く。

そのけたたましい音が、二人の間を引き裂くイメージとなって、龍之介を捉えた。

◇◇◇

「おい、勘弁してくれ。今、やんごとない事情で取り込み中なんだが……」

龍之介は不機嫌な声を抑えられない。

『あっ、そ、それは大変申し訳ございません！　ですが、報告は即座に緊急回線でと指示されていたものですから……』

藤崎の言うことはもっともだ。ここで彼に当たり散らすのはあまりにも理不尽だろう。

茜音との会話を中断し、龍之介はスマートフォンを手に寝室へ移動していた。

帰り支度をしているであろう彼女が気になり、やきもきしながらも声を潜める。

「悪かった。ちょっとピリピリしてたんだ。いったいどうした？」

『すでにそちらへ転送済みなのですが、例の件です。気になる点がありまして……』

「またか……」

ついため息が出てしまう。この重要なときに……

『今回のは事件性がありそうです。ですが、暗号めいていて判別不能だったので、一度ご確認を』

「わかった。確認しておく。報告ありがとう」

『しかし、ＣＥＯ。もう全部無視して、捨てておいてはどうでしょうか？　気になるものはすべて報告という形ですと、今日みたいにプライベートな時間まで妨害してしまいますし、こうして我々が悩んでいることこそが、奴の思うツボだと思うんです』

藤崎の言いたいこともわかる。

藤崎は伊生京香対応とでも呼ぶべき作業に、かなり時間を取られていた。

「気持ちはわかるが、もう俺一人の問題じゃないんだ。執行猶予つきとはいえ、傷害罪で一度有罪判決を食らっている奴だぞ？　また、俺の知り合いが襲われるかもしれない。社員に矛先が向かうかもしれない。甚大な被害が出てからでは遅いんだよ」

藤崎は「そうですね」とため息を吐く。

龍之介がＣＥＯになりたての頃、たまに食事をともにする女性がいた。

友だち以上恋人未満だったその女性は、メガバンク時代の同期で、佐藤梓という名前だった。龍之介は好きでも嫌いでもなかったが、たまにくる誘いを断る理由もなく、気軽に応じていた。ちょうど、伊生京香からのつきまとい行為が始まった頃だ。

当初、京香のことは歯牙にも掛けていなかった。会社のホームページに誹謗中傷が書き込まれたり、法人のメールアドレスに襲撃をほのめかす文章が送られてきたり、ネットに龍之介をおとしめるデマがばらまかれていたが、大事にするほどでもないと判断してしまった。

そんなある日、佐藤梓が刺されたのだ。待ち伏せしていた京香に、唐突に。

ただの脅しではなかった。京香はあらゆるコネを使い、金をつぎ込んで龍之介の行動を監視し、佐藤梓の自宅住所を特定し、虎視眈々と襲撃の機会をうかがっていたのだ。

幸いなことに、佐藤梓はとっさにかわし、軽傷で済んだ。

京香はその場にいた通行人に取り押さえられ、現行犯逮捕された。

軽傷で初犯だったこともあり、衝動的な犯行とみなされ、執行猶予となった。

『前回襲撃されたのも、CEOのご友人でしたからね。警察はアテにならないですし……。まあ、三百六十五日それだけに人生のすべてを費やし、命がけで襲撃してくる奴になんて、軍隊をもってしてもかなわない気がしますが……』

「まあ、テロみたいなもんだからな。こうして奴にターゲットにされたが最後、ひたすら防衛するしかない」

『私にはさっぱりわかりません。ネットで見ただけの人間に、一方的に強い思いを募らせて執着し続けるなんて……。正直、本当に理解不能です』

「俺もだよ。アイドルみたいな稼業の人は、そういうのを生業にしているのかもしれんが……」

『しかし、CEOは一般市民でしょう？　稼いでようが有名だろうが、関係ないじゃないですか。どうしたらいいんでしょうね。やはり、刑務所にぶち込むしかないのか……』

「いや、出所したらまた同じことをやるだろう。より恨みが深まって、さらに凶暴化しそうだ」

『……同感です。はあ、しかし、怖いなぁ。私はひたすら怖いです。この世にそんな底なしの悪意があると思うと、妻や子供まで心配になってしまって……』

めずらしく弱音を吐く藤崎が、気の毒に思えた。

「俺だって怖いよ。だが、仕方ない。周囲の人間や社員を守るためにも、奴から接触があったら粛々とチェックし、脅迫に該当しそうなものは通報し続けるしかない」

『我々にやれることはそれしかないですね。これも健全な経営のための重要業務として、黙って遂行することにします』

「悪いな、いつも迷惑を掛けて。感謝してるよ」

『もったいないお言葉です。これが私の仕事ですから。では、メールをご確認頂き、事件性がありそうでしたら、また北沢署に一報入れましょう。オフィスの警備のほうも強化するよう指示しておきます』

「オーケー。折り返し連絡する」

『なりたくないものですね。関わっても害悪にしかならない、そんな人間には。それでは失礼いたします』

そこで、通話は終了した。

大丈夫だよ。藤崎がそんな人間になることは、生涯ないだろうからさ……

タブレット端末を手に取り、メールソフトを起動した。

茜音のことが気になったが、とりあえずざっと目をとおす必要がある。

藤崎から転送されてきたそれは、差出人名も件名も本文もなく、例のフリーアドレスで、伊生京香が送ってくるメールと特徴が一致していた。

今度は画像が二枚添付されている。

一枚目は前回と同じ構図で、茜音のマンションのエントランスが写っていた。

しかし、一か所だけ大きな違いがある。

「これは……なんなんだ……？」

大きなバケツを叩きつけたように、真っ赤な塗料がぶちまけられている。

エントランスを出てすぐの、白い大理石とアスファルトの境目のところだ。かなり量は多く、植え込みの木々にもかかり、その赤黒い色がまるで大量の血痕（けっこん）みたいに見えた。

心臓が嫌な音を立てはじめ、わきの下に汗がにじむ。同時に、頭の片隅で「これなら脅迫罪で逮捕できるかもしれない」と期待に似た気持ちが膨らみはじめた。

もう一枚の画像には、テーブルに置かれた白いメモが写っている。

そこには、手書きでこう記されていた。

〝人の子を売る者は　わざわいなるかな　その人は生まれざりし方　よかりしものを〟

その一文が目に入り、〇（レイ）コンマ三秒後にはこれがなんなのか、なにを意味し、なにを伝えたいのか、ほとんど理解していた。

これは、新約聖書の一節だ。たしか、最後の晩餐（ばんさん）のとき、ユダがイエスを裏切るシーンで……

おぼつかない記憶を必死で辿（たど）る。人の子とはイエスのことだ。『売る』とは裏切るという意味。

つまり、こう言っている。『裏切り者は災いである。そんな人は生まれなかったほうが、イエスのためにはよかったのに』と。

この場合のイエスとは、おそらく伊生京香のことだ。裏切り者とは龍之介を指すのだろう。

奴はこう言っている。他の女と付き合う龍之介のような裏切り者は災いだと。龍之介みたいな人間は生まれなかったほうが、京香のためにはよかったのにと。

胃の奥からムカムカしたものが込み上げ、口の中にまで苦い味が広がる。

急激に体温が下がっていくような、薄ら寒い不気味さに襲われた。

あらゆるデマをネットに拡散され、身に覚えのない罪の上塗りをされたのは俺のほうなのに、奴は自分こそが被害者だと思っているのか。佐藤梓を刺傷して有罪判決を受けたって、なにも変わってないじゃないか！

京香は本気で自らを被害者と信じ、有罪を食らった自分をイエスにたとえ、今度は龍之介が裁きを受けろと、そう脅迫している。そして、もう一枚の写真が示すように、奴の矛先は茜音に向かうかもしれないのだ。

いや、正確にはそこまで書いていない。一般人がこれを読んでも、きっと意味がわからないだろう。しかし、龍之介にはこれがどこからの引用で、なにを意味するのかわかってしまう。そして、龍之介が読み解いてしまうことも、逆に龍之介以外の人には読み解けないことも、はっきりと京香は見越していた。

さらに、今の龍之介が一番嫌がることが、なんなのかも。

そう。京香がとてつもなく不気味なのはそこだ。精神の深いところで繋がっているような……奴しか話せない言語を、こちらも瞬時に理解できてしまうような、魂に肉迫する気味の悪さがあった。

まただ。俺だけにわかるように、俺だけが恐怖を感じるように、慎重に手段を選んでいる……

背筋がぞわぞわするのを止められず、黒々した怒りや恐怖に支配されそうになりながらも、どうにか正気を保っていた。

どうすればいいんだろう？　どうやったら茜音を守れる？　彼女にすべて話すべきなのか？

不安と焦燥に駆られ、慌てて立ち上がってダイニングまで戻る。

もう悠長なことはしていられない。せめて茜音に注意喚起だけでもしておかないと……

しかし、ダイニングはすでにもぬけの殻で、ペーパーナプキンに書き置きだけが残されていた。

『お電話長くなりそうだし、タクシーが来ちゃったので、先に帰りますね。ごめんなさい。あなたのおかげでステキな夜が過ごせました。また連絡します。茜音』

小さなハートマークが描き込まれており、ガラにもなくドキドキしてしまった。

今、それどころではないのだが……

深い疲労感に襲われ、ひどく茜音が恋しくなり、ペーパーナプキンにそっと口づけする。

すると、唇の先端だけほんのり温かくなったような、彼女の明るさを分けてもらえた気がした。

すぐさま車に乗って追いかけようかと考えたが、先にやるべきことがあると思い直す。

証拠をきっちり集め、慎重に動かないと、奴を取り逃がすことになる。

しまったな。まさか、こんなことになるとは……

伊生京香が、龍之介に関わる女性を狙ってくる懸念はあった。しかし、龍之介にとっては契約相手に過ぎないし、なにかあれば契約を解除すればいいだけで、事情を説明する必要はないと判断した。

だが、茜音が龍之介にとって特別な存在になったら、話は変わってくる。

「くっそっ……！」

もう手段は選んでいられない。

なにがなんでも京香を遠ざけ、茜音の生命と身体を守らなければ……！

龍之介は自らを落ち着かせるために深呼吸し、顔を上げた。

もしかしたら、これは……フラれちゃったかなぁ？

そんなことを考えながら、茜音は自宅マンション前でタクシーを降りる。長距離のおかげで今日のノルマ達成だと喜ぶドライバーが、トランクからスーツケースを降ろしてくれた。

はああ……。失敗したかなぁ？　好きだなんて言わないほうが、よかった？

今から三時間ほど前、別荘で龍之介と話をしていたら、途中で彼に電話が掛かってきた。緊急の用件らしく、長くなりそうだったので、別れを告げず書き置きだけ残し、タクシーに乗ってしまった。

返事を聞くのが怖かった、というのもある。

彼に少しでも気持ちがあれば、電話より私のほうを優先するよね？　私、かなり大切な話をしていたんだけど……。やっぱり、これはフラれたのかも……

がっかりしながらエントランスの階段を上(のぼ)ろうとし、ぎょっとして足を止めた。

「嫌だ……。なにこれ……？　うっわ……」

エントランスの階段に、真っ赤なペンキのようなものがバシャッと飛び散っている。

ぬらぬらした赤黒い質感が血液のように見え、辺りには油性塗料独特の臭いが漂っていた。

「それ、誰かがイタズラでやったみたいね」

突然、背後から話しかけられ、飛び上がるほど驚いた。

振り向くと、茜音もよく知る同じ階の住人が、ショッピングバッグを手に立っている。

「ああ、マリエさん！　びっくりしたぁ……」

「おひさしぶり、茜音さん。お元気そうですね！」

マリエが微笑むと周りがパアッと明るくなる。夏らしいネイビーのセットアップに身を包み、スカートの裾からほっそりした美脚がすらりと伸びていた。

ヴァイオリンをやっているというマリエは、このマンションが数ある自宅の一つらしい。あまり詳しい素性は知らないけど、お互い年齢も近いしフィーリングが合うので、会えば軽く立ち話をする仲だった。

「いたずらにしては悪質ですね。なんの目的でこんなことやったんだろ……」

茜音が慎重に塗料を回避しながらスーツケースを転がすと、マリエも同じ経路であとをついてきた。

「わからないなぁ。最近、変な事件が多いしね。さっき、不動産屋さんと警備会社の人が来て、警察に通報したって言ってたけど……。これって器物損壊とかになるのかな」

「どうなんでしょうね？　うわー、ガラスにもついてる。中じゃなくてよかった」

「なんかただのイタズラじゃなくて、脅迫めいてて怖いね。このマンション、いわゆるアッパー層向けだからなぁ。住人の誰かが恨みを買っているのやも」

マリエの推理はもっともだと思う。

あの真紅の塗料をパッと見たとき、悪意のようなものをたしかに感じた。激しい怒りに任せ、バケツを思いきり叩きつけたような飛び散りかた……

ホールに入ると、マンション・コンシェルジュが飛んできて事情を説明してくれた。いたずららしい。警察には通報した。すぐにクリーニングする。警備も強化する。経過は住人宛てに文書で連絡する。不便を掛けて申し訳ない。などなど……

「最近、この辺りで不審な人物などを見かけませんでしたか？」

オレンジ色のスカーフをきっちり首に巻いた、新人コンシェルジュに見上げられた。

このとき一瞬、伊生京香のアンパンみたいな笑顔が脳裏をよぎる。

……まさかね。

「いえ。特に思い当たることはないかな」

そう答えておいた。確たる証拠はないし、下手に話せば根掘り葉掘り聞かれるはめになる。

経営者という立場上、面倒事に巻き込まれたくなかった。

見ると、マリエも「不審な人は見なかった」と答えている。

皆、考えることは同じなのかもしれない。

カードキーをとおしてエレベーターに乗り、二人きりになると、どちらからともなく言った。

「あれってきっと怨恨でしょうね」

「でしょうねぇ。なんとなく……」

マリエは気分を変えるように、ふんわり微笑んだ。

「茜音さん、前から美人でしたけど、ますます綺麗になりましたね。なんかすごくたおやかで、キラキラして見えます」

「えっ、本当ですか？　なんでだろ？　特にメイクとか、変えてないけど……」

「んー、なんか内面から輝いてる感じ。幸せオーラでピッカピカみたいな」

「ほんとに？　マリエさんみたいな美女に言われたら、思いっきり調子に乗っちゃいそう！」

「うん、すっごくいい表情してましたよ。もしかして、素敵なカレシでもできたかな？」

不意に龍之介の面影を思い出し、切ないような気持ちになる。

エレベーターが上層階に到着し、廊下で別れるときにマリエはこう言い残した。

「さっきの……犯人はなにを思ったんでしょうね。たぶん一人で下見とかして、せっせとペンキを準備して、人がいなくなるのを見計らったんでしょうけど……」

言葉どおりのイメージが、脳内で再生される。

ジャワジャワジャワ……とノイズみたいに耳障りなセミの声。

全身はじっとりと汗ばみ、重い塗料缶の持ち手が、ずっしりと手のひらに食い込む。

うだるような暑さの中、攻撃目標はただ一つ。そこを目指し、一歩ずつ足を進める……

たった独りで味方は誰もいない。今ここにいることも、この行動を知る者もいない。

ただ黒々した感情に衝き動かされ、これでいいんだ、私が正しいんだ、と自分に言い聞かせながら……

それがどれほどの心理状態なのか、計り知れない。意外となにも感じていないのか、怒りに燃え盛っているのか、あるいは心が暗闇に閉ざされたような状態なのか……

そんな風になりたくないな、と切に願った。どうか、そんな風になりませんように。この先なにが起きたとしても、どんな不条理を目の当たりにしても、ユーモアと優しさを残したままでいたい。

きっと誰もが、すぐそこに暗いものの存在を感じていて、そこに近寄らないよう踏ん張って生きている。そこに落ちるのは簡単だけど、そうしたら自分を見失ってしまうから、少しでも人間らしくありたいから、明るいところにとどまろうと戦っているのだ。

そういう感覚がずっとあった。だから、誰かに悪意を向けられても笑顔で、落ち込みそうになっても前向きに、元気であろう明るくいこうと気を張ってきた。

本当は今回の契約出産だって、みじめになってばかりだ。

ロクな恋愛もできず、好きでもない人に処女を捧げ、愛のない相手の子供を産むのだ。

私はなんて不幸なんだろう。どうして、私だけこんなメに遭わなきゃいけないの？　皆はうまくやっているのに。

世間の人はどう思うかな？　ワガママで最低の女だって、おまえは間違っているって言われそう……

次々に湧き出す、暗い思念を必死で抑え続けた。

大丈夫だ。なんとかなる。きっといい瞬間もある。もっと最悪の状態だって有り得た。まあまあ上出来。明るくいこう！

そうやって、ダメになりそうになる自分自身と闘い続けている。

凹(へこ)ませよう、潰してやろうとしてくる暗い力に、どうしても負けたくないのだ。

「よっし！」

両手の拳をぐっと握り、気合いを入れ直す。

さて、まずは契約出産をどうするか。龍之介さんとのこと、考えなくちゃ！

スーツケースを玄関に放置し、リビングのソファにどさっと座った瞬間、着信音が鳴り響いた。

従業員の大原のぞみから、ビデオ通話の着信だ。

休みの日にめずらしいなと思いながら、通話ボタンを押した。

「もしもーし、茜音です。どしたの？」

『茜音さん！　ちょっと、エライことになっちゃったじゃないですかっ！』

のぞみの声が耳をつんざき、茜音はとっさに音量を下げる。

「は？　なにが？」

すると、のぞみは『知らないんですか？』と悲鳴を上げ、勢い込んでわめいた。

『ネットのニュース見ましたか？　私たち、いったいどうしたらいいんです？』

「ちょっと落ち着いて。ネットって、なにがあったの？」

『ですから、とにかく見てみてくださいよ！　ネットの……』

それから、のぞみの話をひととおり聞き終えた。

「……炎上？」

茜音は眉をひそめてつぶやき、せっせとマウスホイールを動かし、ネットニュースを流し読みした。パソコンの画面には複数のブラウザが映っている。

『そうなんです！　もうネットは昨日から大騒ぎですよ。会社のほうにもメールが殺到してて……』

自宅にいるのであろう、キャラクターもののＴシャツを着たのぞみは悲痛な声を上げた。

いっぽう冷静な茜音は、どこか白けた気持ちで画面の文字を目で追う。

――ボニーズスタイルの下着デザインパクり疑惑！　ＳＮＳで指摘相次ぐ
――ボニーズのデザインは米国のブランドＡｖａ（アヴァ）を盗作したものだった!?

――とうとうやった！　ボニーズ、Ａｖａパクの劣化デザインで大儲け！

センセーショナルな煽（あお）り文句が、あらゆるＳＮＳやブログ、ニュースサイトや掲示板で躍っていた。そこへ殺到したコメントの大半が批判的で、ボニーズスタイルを軽蔑しておとしめる内容だ。

光栄なことに〝#ボニーズスタイルパクり〟というタグが見事トレンド入りを果たし、Ｈｏｔワードランキングでは第一位に輝いている。

『茜音さん、知らなかったんですか？　てっきり茜音さんもネット見てると思ってて、ずっと連絡待ってたんですけど……』

「ごめんごめん。ちょっと郊外に行っててネットも切ってたから、全然気づかなかった。今パソコン見たら、エラいことになってたわ……」

『もう、なにのんきなこと言ってんですか！　どうします？　まさか、うちの会社がこんなことになるなんて……』

「パクりって言われても……。うちはファスト・ファッションだし、あんな高級老舗ブランドのＡｖａと比べられてもなぁ。一流フレンチのグランメゾンのメニューにファミレスが寄せてるようなものだし……」

『ですよね？　私たちはトレンドや王道デザインをすっごい調査して、安価な素材でどれだけ実現できるか、毎日毎日皆で話し合って頑張ってきたのに……』

のぞみは涙声を詰まらせ、ぐっと堪えている。

入社五年目。二十六歳ののぞみは今どきめずらしく仕事熱心で、ランジェリーが大好きでこだわりも強く、たくさんの人にボニーズスタイルの下着を広めることに情熱を燃やしていた。

あらゆる体型の一般人をモデルに起用するアイデアを出したのも彼女だし、元々他社製品しかネット通販していなかったボニーズスタイルに、独自ブランドを立ち上げたときも彼女が中心となった。

のぞみの美点はなんといっても、その情け深さだと思う。太っていて体型に自信がなかったり、下着にかけるお金がなかったり、センスがなくてランジェリーに手を出せなかったりする女性たちに寄り添い、「大丈夫です。私たちがなんとかします！」と力づけ、カスタマーから寄せられるどんな小さな悩みにも応えようと真剣に取り組んでいた。

「私も太ってた時期があったし、お金持ちじゃないし、オシャレにも自信ないから、すっごい気持ちわかるんです。絶対なんとかしてあげたい！」

頬を紅潮させてそう言ったのぞみを憶えている。

のぞみがアイデアを次々と出してくるのは、ひとえに優しいからだと思うし、茜音もその姿勢には一目置いていた。未熟なところもあるけど、それよりはるかにやる気が上回る。

なにより、すごく楽しそうに仕事をするのでこちらまで楽しい気分になり、他の従業員にも「やるぞ！」という活力が伝染するし、はつらつとした明るさを振りまいてくれるので、職場の雰囲気がガラリと変わるのだ。

ＳＮＳの宣伝がバズって大々的にメディアに取り上げられたときも、のぞみと手を取り合って喜んだし、業界初であるランジェリーのサブスクリプションが大成功を収めたときも、のぞみと他の従業員も大喜びで社内で小さな祝賀会まで開いた。けど、そこに辿り着くまでには本当に地道でキツく、血のにじむような努力の積み重ねがあった。

理想がどんなに高くても、どれだけ愛や情熱があっても、現実の予算は少なく、納期は短く、人員だって全然足りない。いつだって泣く泣く妥協し、それでもギリギリまで品質を落としきらないよう、一人一人が頑張ってきた。

毎晩遅くまで残業し、家にまで仕事を持ち帰り、報われない努力ばかりに心身を削られ、私生活にも負担は掛かる。辞めていった従業員も多いし、価格を抑えるため取引先に嫌な顔をされながらもプライドを捨て頭を下げまくり、多くの人がボニーズスタイルにやってきては、お互いに傷つけあって去っていった。

誰にも褒めてもらえないし、認められることもないし、その名が世に知られることはない。

そんな従業員たち一人一人の目に見えない不断の努力があった。

ボニーズスタイルの今ある商品も、人気も知名度も、カスタマーからの信頼も、すべてはそういった犠牲の上に成り立っている。

そんな自社の歴史を振り返りつつ、そのすべてを無に帰そうとするネットの濁流を目にし、茜音はため息が止まらなかった。

『これ、ひどい……。うちのデザイナーさんの実名と顔写真までさらされてます。まるでモノみたいに扱われてる……』

見ると、ご丁寧にもデザイナーがデザインした下着と、盗作されたというＡｖａの下着の比較画像までさらされている。

そもそも、ボニーズスタイルは流行している下着や皆が手を出せないハイブランドの商品に、デザインをあえて寄せて作っていた。多少似てくるのは当たり前だし、カスタマーからは「ハイブランドにはとても手は出せないけど、それっぽいボニーズスタイルは激安で満足」という高評価も頂いている。

まったく同じデザインのものは一つもないし、あくまでボニーズスタイルの独自性は残しており、似せてだましてＡｖａと誤認識させているわけでもない。しかも、こういったことはボニーズスタイルに限らず、競合他社も堂々とやっていることだった。

『こんなの、盗作でもなんでもないじゃないですか！　なんで突然、うちの会社だけが槍玉に挙げられてるんですか？　だったら、もっと悪質な会社いっぱいありますよ。うちなんて、デザインの大枠と流行を参考にしてるだけで、他は全部オリジナルじゃないですか。おかしいですよ、絶対！』

「まあまあ。のぞみちゃん、落ち着いて……」

この業界のことをなにも知らない人が見れば、それらしく見えるのだろう。

多くの人は真偽の検証なんてしないし、声の大きな人が吹聴すれば、いとも簡単に流されるのが大衆というもの……

会社を守らなければ！　という焦りと、なぜうちの会社だけが急に？　という疑念が、胸のうちで渦巻いた。

パクッた、盗作だと拡散し……

創作した者を人間扱いせず……

最終的に抹殺するのが目的……

Ｗｅｂページを読みながらなぜか、これはただのイタズラじゃないかもしれないと思いはじめていた。コメントの多くは便乗して叩いてやろうというものだけど、ときどき、強い激情に満ちた書き込みも散見される。

その奥底に流れる激しい怒り、憎悪、悪意、嫉妬……といったものがはっきり感じられた。

矛先はボニーズスタイルに向き、経営者である桐ケ崎茜音に向き、本気で叩きつぶそうとするあきらかな意志がある。

のぞみは据わった目をしてこう言った。

『茜音さん。私、突きとめたんです。ＳＮＳの全ログをさかのぼって、最初の発信元を特定してやりました』

「ほんと？　のぞみちゃん、声がおっさんみたいになってて怖いけど……。発信元って、どれ？」

『今、チャットでＵＲＬ送ったんで見てみてください。この人なんですけど』

送られてきたアカウントを見ると、名前はＫ・Ｉというイニシャルでアイコンはデフォルト設定のまま、プロフィールは空欄で情報はなにもない。

『これだけじゃなくて、かなり複数のアカウントを使ってるっぽいんですよ。さかのぼっていくと、これと同じようなアカウントに辿り着いて、その人たちが一斉に騒ぎはじめた感じなんですよね』

「のぞみちゃん、探偵みたいですごいね」

提示された他のアカウントは名前が「名無し」とか「たぬき」になっており、Ｋ・Ｉという情報以外はなにもない。これらのアカウントを同一人物が使っているかどうかはわからない。

Ｋ・Ｉというイニシャルに思い当たる人物はいるだろうか？

Ｋ・Ｉ、Ｋ・Ｉ、Ｋ・Ｉ……うーん。

一瞬、ドキッとする。

まさか、伊生京香？

いや、さすがに違うかと思い直す。証拠はなにもないし、犯人候補なんて無数にいる。

競合他社かもしれないし、辞めていった従業員かもしれない。茜音みたいにメディアに露出している人間は、いつどこで見知らぬ人間の恨みを買うかわからないのだ。

　ひととおりネットに目をとおし、従業員から寄せられたメッセージもすべて読み、今の状況を冷静に分析してどうすべきか考えたあと、のぞみに自分の考えを告げた。

「今のところ、やれることはなにもないでしょう。Ａｖａ側も静観しているみたいだし、勝手に騒がせておくしかない。訴えられたとか、抗議文がきたなら話は別だけど、動きようがないし」

『そんな悠長なこと言ってられますか？　警察に相談したほうがいいと思います！　けど、こんな見えない匿名の人たち相手にどうやって闘ったらいいのか……』

　のぞみは目を赤くして涙をにじませている。

「のぞみちゃん、早まらないで。とりあえずこの件は私が引き取って、専門家に相談するから。こういう問題は素人が下手に動くとややこしくなるし」

　当てはないけど、この場はそう言うしかなかった。

『どうすればいいんでしょう。私、心配で……』

　安心させるため、カメラに向けてにっこり微笑む。

「大丈夫よ。必ずなんとかするから。のぞみちゃんは一度ネットから離れて、今日はご家族とゆっくり過ごして。せっかくの休日なんだから、仕事のことは忘れちゃいなさい」

『うえぇぇ……。ひどいですよ。どうして、こんな……』

　めそめそ泣いているのぞみに「大丈夫、大丈夫」と何度も声を掛け、なだめてからビデオ通話を切った。

ひと息つき、かすかな武者震(むしゃぶる)いに襲われる。

会社を、従業員たちを守らなくっちゃ……！

これまで、人生のすべてを捧げ、ボニーズスタイルを育ててきた。芸術家が生み出した作品を愛するように、ボニーズスタイルのためにあらゆる犠牲を払い、尽くしてきたのだ。いわば、この世に茜音が産み落とした子供みたいな存在だ。

かけがえのない子供が今、中傷され踏みにじられ、不特定多数からの暴力にさらされている。

悲しさ、悔しさ、やるせなさもあるけど、それ以上に「この難局を乗り越えなければ！」という闘志がふつふつと湧いていた。

さあ、どうするか？　と冷静に考えを巡(めぐ)らせる。うかつな行動は禁物だし、暴力に暴力で応じちゃダメだ。同じ土俵に上がるのは避けたい。なにか理性的な、別の方法を考えなければ……

のぞみをはじめ、従業員たちから次々と寄せられた「大丈夫ですか？」という心配のメッセージに、不覚にも目頭が熱くなった。皆、まるで自分のことのように憤(いきどお)り、どうにかしようとアイデアを出してくれている。

すさんだ荒野みたいなこの世界で、一人一人の思いがひどく身にしみた。

このときは正直、もう自分自身がどうなろうが、どうでもよかったのだ。

ヤケクソになっているわけじゃない。もう充分いい思いはしたし、貴重な体験もたくさんさせてもらった。この先なにより大切なのは、のぞみや従業員たちのほうだ。

そういった後進の子たちのために、なにかできることはないかと、ずっと考え続けてきた。

たとえば、誰かにいじめられているとき、同じような境遇の子が能天気に歌でも歌って楽しそうにしていたら、少し救われた気持ちになる。どれだけ殴られても、ボコボコにされても、一切気にせずマイペースでやることをやるだけだ！　という姿勢を示すことができれば、それがきっと励みになると思うのだ。

そういう方法でなら、未来ある彼らを元気づけられるかもしれない。

彼らが同じような逆境に陥(おちい)ったとき、思い出してくれるかもしれない。

こんなとき、なにか得るものがあるとしたら、それしかないと思えた。

独りよがりでもいい。後進のために自分が犠牲になれるとしたら、それは光栄なことだ。

暴力が苛烈(かれつ)であればあるほど、どんとこいという気持ちになれる。

今回の件、最終的にボロボロになって落ちぶれても、「人生って超最高！」と笑顔で言うことができれば……

そう考えていた、そのとき。

ピンポーン、とインターホンが高らかに鳴り響いた。

……ん？　こんなときに、誰だろ……

特に来客の予定はない。時計を見ると、十七時五分前だった。

立ち上がってモニターを確認し、思わずはっと息を呑んだ。

太った女性がこちらをじっと見つめている。

手土産らしきお菓子の紙袋を提げ、パンパンに膨らんだ顔に満面の笑みを浮かべていた。

……伊生京香？

驚きのあまり、応答ボタンを押そうとした指が止まる。

間違いない。なぜか、伊生京香がエントランスまで入り、茜音のルームナンバーを呼び出したのだ。

フリーズしたまま、脳内を無数の疑問が駆け巡る。

なぜ、彼女がそこにいるの？　なぜ、彼女は部屋番号を知っているの？　彼女はここへなにをしに来たの？

……いったい彼女は何者なの？

モニターに映る京香と見つめ合いながら……いや、京香はカメラを見ているだけだけど、不意に直感した。

もしかしたら、無関係じゃないのかもしれない。

ある日突然、現れた伊生京香。エントランスにまかれた赤い塗料。ボニーズスタイルの炎上。そして、龍之介との契約出産……

我が身に起きた事件のイメージの断片が、次々と脳裏をよぎる。

それらはたまたま同時期に発生しただけで、相互に関連はないはずだった。

……けど、もしかしたら……

笑みを絶やさない京香を目に映しながら、凍りついたようにその場を動けない。

結局、居留守を決め込んで応答しなかった。

京香はそれから十分ほど呼び出したり、待ったりして粘ったものの、不審に思ったコンシェルジュに呼びとめられ、渋々といった様子で帰っていった。エントランスに設置されたカメラは、その一部始終を捉えている。

茜音はモニターを見ながら、どうしようか決めかねていた。

京香の話を聞くか、嫌だとはっきり拒絶するか、あるいはすべて無視するか……

どれを選んでも危険度は高い。話を聞けば付け入られるだろう、拒絶すれば逆上してなにをされるかわからない、無視したらより執拗につきまとわれるかもしれない。

これらのことを茜音は経験的に知っていた。京香に限った話ではない、彼女のような人たちをこれまで何人も目にしてきた。彼らの多くは自覚がなく、自分は正しいと信じて干渉してくる。

SNS社会になって人々が繋がりやすくなり、手軽に直接感情をぶつけることが可能になった。

しかも、匿名という形を取れば素性を知られずに済む。

それは利便性をもたらしたが、同時に災厄ももたらした。

人々の心にくすぶっていたフラストレーションが、大きな暴力となって表現者を襲いはじめたのだ。あるいは創作者を、著名人を、なにかの芸を披露しようとする人々を。そこにはもちろん、女性起業家として名を知られた茜音も含まれる。

現代の世の趨勢を、茜音はなんとなくそんな風に理解していた。

なにかを表現しようとする人たちと、それを狩り殺そうとする人たちの、見えない戦いが繰り広げられ、それがさまざまな事件となって社会に影を落とすのだ。

ゆえに、茜音はこういうことに慣れている。

慣れているけど時折、そういう攻撃性が刃となり、心の柔らかい部分を鋭く抉るのだ。

そう。ちょうど、こんな事件のあった、独りぼっちの夜なんかに。

こんなとき、頼れる人がいればいいのにな……

ぼんやりと龍之介の顔が思い浮かぶ。ほっそりした横顔は冷たく、灰色の瞳は常に冷静で、あらゆる問題をねじ伏せてしまう、非人間的な強さをうかがわせた。

彼は知識も経験も豊富な経営者だ。修羅場をいくつもくぐっているだろうし、メンタルも強いし柔軟性もある。こういった不測の事態に有益なアドバイスが期待できた。

けど、自分から「帰ります」と去ってきた手前、甘えるわけにもいかない。こちらの都合で離れたりすり寄ったり、彼をいいように利用しているだけだ。そんな風になりたくなかった。

それに、彼を前にしたら、強い意志も決意もグダグダにゆるんで、ダメになってしまいそうで……

ここで、自分の変化に少し驚く。

なんか私、龍之介さんを好きになってから、弱くなった……？

以前なら、こんな事態に陥ったとしても、「やってやろうじゃないの！」という豪胆ぶりを発揮していたのに。

龍之介さんは私のこと、どう思ってるのかなぁ……。少しぐらいは好意がある？　それとも、ただ迷惑なだけの存在……？

とにかく感情が読みづらく、なにを考えているかさっぱりわからない。告白した瞬間も、びっくりしているだけに見えた。

抱き合っているときの優しさや、時折見せる柔らかい眼差しも、この世のあらゆる女性に向けられた紳士的たしなみである、と言われれば否定できない。

……と、こんな風に龍之介を思いながら期待したり落胆したり、恋する女子にどっぷり浸っていたいのに、つきまといやら炎上やら問題がてんこ盛りで、そんな悠長なことは言ってられない。経営者というものは常に、次々と起こる胃痛（いつう）トラブルへの対処を強（し）いられ、恋だの愛だのやっている暇はないのだ、本当に。

「はああ。一人でどうにかしなきゃ……」

孤独感がキリキリと際立ち、真っ暗な壁に四方を取り囲まれている心地がした。

それから、夜なべして送られてきたメッセージに一件ずつ返信し、会社関係者に事態を説明する文書を作り上げ、これからすべきタスクをリストアップした。

ま、炎上はそのうち勝手に収まるでしょ……

しかし、事態はそんなに簡単ではなかった。

そうして週が明け、地獄の一週間が開幕する。

月曜日はひたすら問い合わせ対応に追われた。カスタマーや取引先のみならず、マスコミやら素性（すじょう）のわからぬ人々からのメールや電話が殺到した。ほとんどが盗作の件で、「本当に盗作なのか？」という確認ならマシなほうで、勝手に犯罪と決めつけて「謝罪しろ」だの「賠償しろ」といった厳しいクレーム、冷やかしやイタズラ電話も多かった。

「別に全然大丈夫ですよ。私個人が叩かれているわけじゃないし。会社が叩かれている分には、冷静に対応できます」

のぞみが強い目でそう言ってくれたのが、唯一の救いだろうか。

それでなくても、締め日直前でクソ忙しい日なのに、朝から晩まで問い合わせ対応に追われ、通常業務は完全に滞った。ボニーズスタイルには広報部も法務部もなく、こういった非常時に対応するお客様相談室とは名ばかりで、少数の従業員が片手間に回しているのが実態だ。結果、一般のカスタマーへの対応が後手に回り、さらにクレームを誘発する悪循環に陥った。

「いったい何十分待たせるわけ？　電話出られないなら、待ち時間ぐらいアナウンスしろよ」

おっしゃるとおりで謝るしかない。

まさか、ただいま絶賛炎上中なので繋がりません、なんて言えないし……

そんなこんなで二十一時を過ぎる頃には、従業員一同へとへとに疲れきっていた。

彼らへの残業代も深夜手当も会社が負担するんだから、炎上は余計なコストがかかるだけで企業的にダメージしかない。デマをばらまいた人たちが代わりに対応してくれるわけじゃないし。

本日のネットニュースも、ボニーズスタイルのパクリ疑惑が華々しくトップを飾った。

よっぽど他にネタがないんだろうか？

一日や二日では収まりそうにない騒動に、オフィスは鬱々とした空気に包まれていた。

「茜音さん。これ、ほんっとに捨てておくってだけでいいんですか？　なんとかしたほうがよさそうな気がしますけど……」

　のぞみがげっそりした顔で愚痴る。

「こっちがリアクションしたら、奴らの思惑どおりと思ったんだけど……。さすがにここまできたら、なにか対策取るしかないとは思ってるの。弁護士に相談したからって、問い合わせが止むわけじゃないからなぁ」

　衰えないクレームの勢いに、茜音はだいぶ弱気になっていた。

　そもそもこんな事態を経験したことがないから、どうしていいかわからない。

「なんでこんなことするんですかね？　企業に損害を与えて、従業員たちはひたすら疲弊するだけ、いったい誰が得をするんです？　デマを流した人もそれに乗せられた人も、こんなんで幸せになれたのかな……？」

　のぞみのもっともな疑問に、茜音はため息を吐くしかない。

「さあね。見知らぬ誰かを痛めつけて、溜飲が下がる人もいるんじゃない？」

「イヤだな～。私も超イライラしたらそうなるのかな？　そんな風になりたくないなぁ……」

「大丈夫よ。のぞみちゃんがそんな風になる日は来ないと思うから」

「やっぱ、カレシとも家族とも超仲良くして、大好きなアニメ観て早く寝よ。幸せしっかりキープしとかないと、うっかりあっち側に行きそうで怖い」

「そうそう。他人を恨みたくなければ、自らの幸せをしっかり掴むべきよ。自分もいつそうなるかわからないしね。うんうん」

茜音とのぞみは「ですよね」とうなずき合う。

それから、従業員たちは一時間ほど残業してそれぞれ帰っていった。

これから、気が遠くなるほど長い一週間が始まるのだ。

契約出産どころじゃなくなったなぁ……

キーボードを打つ手を止めて顔を上げると、蛍光灯にポツンと照らされた自分が真っ黒なガラスに映っている。その顔は青白くやつれ、我ながら疲れているように見えた。

龍之介から連絡はない。

とはいえ、昨日別荘で別れたばかりだし、彼も超忙しい身だから仕方ない。

私のほうから連絡してみようか……

けど、なんて言えばいいんだろう？　ただ、声が聞きたいだけなんだけどな……

炎上の話をすれば、きっと不敵に笑って「くだらないな」とでも言いそうだ。

そうして、小馬鹿にしたような目で、だけど真剣で的確な助言をしてくれる。

メガネの奥の目を細め、冷静に分析する龍之介が目に浮かぶようだった。

会いたいな。せめて、声だけでも聞けたらいいのに……

こんなに世界は広いのに、甘えたいと思う男性はたった一人だけなのだ。

このとき、ガラスに映った自分の瞳は、ひどく弱々しく見えた。

◇◇◇

こうして怒涛の火曜日、水曜日が飛ぶように過ぎた。

ネットの騒ぎは収まる気配はなく、ボニーズスタイルを糾弾する声はますます大きくなっている。とうとうテレビのニュースでも、ボニーズスタイルの盗作疑惑が取り上げられる事態となった。

「どうしますか？　公式ホームページに謝罪文でも出しますか？」

過去のさまざまな事例を皆で調査し、そう提案してきたのはのぞみだ。

「やってもいないことを謝るのは悪手だと思うの。なにか文書を出すとしても、大衆向けのものは特に練らないと、また揚げ足を取られるでしょう」

そう答える茜音の肩に、どっと疲労が圧し掛かった。

このてんやわんやの事態がどう収束するのか、まったく想像がつかない。

事態が大きく動いたのは、翌日木曜の夕方だった。

その日も、問い合わせや取材対応に追われ、オフィスの面々は疲労の色が濃かった。

「茜音さん！　ちょっと、信じらんない人がレセプションに来てるんですけど！」

血相を変えてのぞみがフロアに駆け込んできた。

「来客？　今、見てわかるとおり、弊社は怒涛の忙しさなんだけど……」

会議会議の連続で、被告人席に立ち続けた茜音は、虫の息で言う。

のぞみは、そそくさとスマートフォンをいじりはじめた。

「今、本物かどうか検索してるんですけど……。うわー、これどうなんだろ？　顔写真出てこない

「のぞみちゃん、とりあえず要点だけ言ってくれる？　誰が、なんの用事で来たのか。セールス関係は今、相手してる余裕ないし……」

「セールスじゃないと思います。あの、ＳｏｕｆｆｙジャパンのＣＥＯを名乗る人が、茜音さん宛てに来てるみたいなんですけど！」

とっさに茜音が立ち上がると、勢い余ってオフィスチェアーがうしろへ滑り、壁にぶつかってけたたましい音を立てた。

同じフロアにいた従業員たちが、一斉に振り返る。

茜音は片手を立てて謝るポーズをしつつ、素早くジャケットを羽織った。

「ＳｏｕｆｆｙのＣＥＯがいったいうちの会社になんの用事なんですか？　取引なんてないですよね？　ねぇ？」

目を丸くするのぞみと従業員たちに、茜音はこう言うしかなかった。

「ごめんね。詳細はあとで説明するから、ちょっと行ってくる！」

なにをどう説明するんだ？　とセルフツッコミしつつ、急いでエレベーターに乗る。

ドッ、ドッ、ドッと鼓動が胸を打ち、血流が勢いよく巡りはじめた。

確認するまでもない。間違いなく、龍之介だ。

なにしに来たんだろう？

会社に直接来たのは、なぜ？

さまざまな疑問がよぎるけど、わき目もふらず彼のもとへ向かっていた。

どうしようもなく気分が高揚するのを、抑えきれない。

会議室のドアの前で髪を直し、深呼吸した。

もっとオシャレな服を着てくればよかったと後悔しつつ、「失礼します」と言ってノブを回す。

ドアを開けると、スーツを着た三人の男性に迎えられた。

「どうも」

中央で偉そうに足を組んだ龍之介が、不愛想に言う。

まるでしもべ悪魔を両サイドにはべらせた、ボス悪魔みたいな威圧感があった。

「ど、どうも……」

てっきり龍之介一人だと思っていたので、面食らって立ち尽くす。

もう一人は龍之介と同い年ぐらいの童顔の男、残り一人は白髪の外国人で何者かわからなかった。

自分と龍之介が知り合いだという情報が、第三者にバレても構わないんだろうか？　龍之介との契約は安藤夫妻と弁護士しか知らないはずだけど……

そんなことを考えて二の句が継げないでいると、龍之介は眉をひそめ、すっと片手を上げた。

「緊急事態だから、こうして直接来た。親友の友人である君を助けるためにね」

この言葉のおかげで状況を把握(はあく)する。

なるほど。龍之介と茜音の関係は、友人の友人ということになっているらしい。

「こちら、第一秘書の藤崎令行。俺の分身みたいな存在で、本件の説明は彼がやるから」

童顔の藤崎は「はじめまして、よろしくお願いいたします」と丁重(ていちょう)に名刺を渡してきた。

……ん？　本件ってなんのことだろ？

内心首を傾げつつ、名刺を交換すると、龍之介はもう一人の外国人を紹介した。

「で、こちらがＡｖａの日本法人代表の代理人である、ノーマン・オーウェン氏」

ひゃーっ、と飛び上がりそうになった。

い、今、なんて言った？　あのＡｖａの日本法人と言わなかった……？

「はじめまして、ノーマンと呼んでください。本日はボニーズスタイルさんと、良好なパートナーシップを築きたいと思って参りました」

ノーマンは人懐っこい笑顔と流暢(りゅうちょう)な日本語で言った。

Ａｖａとはまさに今、ボニーズスタイルがそのデザインを盗作したと騒がれているハイブランドだ。謝罪すべきか、恐縮すべきか、感謝すべきかさっぱりわからず、目を白黒させながらノーマンと握手を交わした。

「あの、いったいこれは……どういうことなんですか？　なぜ、龍之介さんがＡｖａさんの代理人と一緒に……？」

状況がわからずうろたえていると、龍之介はふたたび片手を上げて制した。

「今から順を追って説明する。とりあえず君は、そこに座って。……うん、それでいい。すべてを話し終えるまで質問はなしだ。悪いが、かなり長い話になる」

「えっとそれは、弊社(へいしゃ)の件？　それとも……」

「もう一度言う。最後まで話し終えるまで質問はなしだ。炎上の件も、君との契約の件も、すべてが繋がっている」

すべてが繋がっている？

どうやら、茜音も知らない情報を龍之介が握っているらしい。

「わかりました。黙って座って聞いてろってことね？」

「うん、話が早くて助かる。時間もないし、単刀直入にいく。藤崎、あれを」

龍之介が目配せすると、藤崎はタブレットを操作し、一枚の画像を見せてきた。

「桐ケ崎社長、この女性をご存じですか？」

ぽっちゃりと太った女性が写っている。

古い写真なのか雰囲気と髪型が少し違うけど、どの人物かは特定できた。

「こ、これって……伊生京香、さん？」

恐る恐るそう答える。

すると、龍之介と藤崎がうなずき合うのが目に入った。

そのあと、話をすべて聞き終えた茜音の胸中は、シン、と静まり返っていた。

まるで激しい落雷のあとに残された、ガレキの山みたいに。

振り返れば、たしかに兆候はあちこちにあった。龍之介と京香の因縁は純粋に驚いたけど、心のどこかで「やっぱり」と腑に落ちている自分もいた。

ようやく理解が追いついて、感情の歯車がゆっくり回りはじめると、じわじわ恐怖が込み上げてくる。

京香の抱く悪意というものの、底知れなさ。

龍之介に一方的な執着を持ち、彼の友人を刺傷しただけでは飽き足らず、そのあとも延々つきまとった上、ネットで誹謗中傷（ひぼうちゅうしょう）し続けた。巨費を投じて龍之介の個人情報を調べ上げ、茜音の存在を突きとめてマンションに嫌がらせをし、さらにボニーズスタイルの盗作デマまでまき散らしたのだ。

「ご、ごめんなさい。あの……話の筋はとおっているし、思い当たることもあるし、それで間違いないとは思うんですけど……ちょっと、信じられない。本当に信じられないです。普通、そこまでやりますか？」

茜音が困惑を隠せないでいると、藤崎はうなずいて答えた。

「ですから、奴は普通ではないんです。桐ケ崎社長が驚かれる気持ちもわかります。私も菱橋がつきまとわれた当初は、まさかという気持ちでしたから。菱橋の訴えることを信じるまで、かなり時間が掛かりました」

「それが奴の常套手段（じょうとうしゅだん）なんだ」

龍之介が続けて言う。

「俺が被害を訴えれば訴えるほど、俺のほうこそ嘘吐きなんだと信じさせるよう、周囲の人間をうまく扇動（せんどう）していく。常識や正しさで人を意のままに操る、いわば洗脳のプロだよ。正しいかどうかのモノサシで見る奴はだまされる。他者に干渉しているかどうかのモノサシで見れば、一目瞭然なんだが」

「えっ……。ちょっと待ってください。そもそものきっかけはなんだったんですか？　その、伊生京香が龍之介さんにつきまとうようになった動機っていうのは……？」

　龍之介は苦虫を噛み潰したような顔で言った。

「著書を読んだらしいんだ」

　茜音は思いきり顔をしかめ、「はあ？」と声を上げてしまう。

「書いた本を読んだ？」

「そう」

「それだけ？」

「そう。それだけ」

「ごめんなさい。ちょっとよくわからないんですけど……なぜ、著書を読んだだけで、そんなことになるんですか？」

　すると、龍之介は嫌そうに顔をしかめた。

「俺のほうが聞きたいぐらいだよ。君だってある程度、想像はつくだろ？　ネットでもリアルでもたくさんいるじゃないか。見知らぬ匿名の輩にいちゃもんつけられたり、馴れ馴れしくされたり、俺たちみたいな立場の人間は日常茶飯事だろ？　だから、当初はそういう輩の一人だと思って、相手にしてなかったんだ」

藤崎が続きを引き取って説明する。

「最初はＳｏｕｆｆｙのホームページやメールアドレスに、誹謗中傷を送ってくるという軽微なものでした。しかし、だんだんエスカレートしていったんです。佐藤梓さんの事件が起こったとき、我々はとんでもない間違いを犯していたんだと、初めて気づきました。伊生が書いてよこしたものを、ただのイタズラと処理していたんですからね」

なるほどな、と共感する。たしかに、企業へ寄せられる無数のクレームやイタズラを、まともに取り合っていたら身が持たない。

「けど、一つ大きな疑問があるんですが……。伊生京香の目的は、なんなんですか？　最終的になにがしたいんです？」

茜音の問いに、龍之介と藤崎は目配せし合い、藤崎のほうが答えた。

「明白です。菱橋が肉体的に死ぬか、精神的に死ぬかのどちらかが目的です。もっと言えば、仮に菱橋が死んだとしても、その執着行為が終わることはないんじゃないかと考えています。個人的に」

「えっ。こ、殺すのが目的ってことですか……？」

「いや、少し言葉が足りない。奴が本当に望んでいるのは、俺を支配することなんだ。俺を支配し、意のままにし、思いどおりに動かしたい」

藤崎もうなずき、あとを続けた。

「ですが、それは叶わない。当たり前です。菱橋は一つの人格を持った別の人間ですからね。叶わないなら、殺してしまえと、そういうことです」

「そう。自分を受け入れない男など、滅んでしまえと。そういう心理だな」

二人の言うことは理解できる。

京香は元々龍之介のファンだったという。著書を読み、一方的に龍之介を好きになった。

好きだから近づいたのに、無視され拒絶された。それを恨みに思って……

——叶わないなら、殺してしまえ。

京香の内側で黒々と渦巻く激情が、垣間見えた気がした。

「けど、それって……それって、愛情なんですか？　それとも、憎悪……？」

茜音はそう聞かずにはいられない。

「それが愛か憎悪かと考えるのは、あまり意味がないことだと言えますね。そんなものは単なる名前に過ぎません。我々が考えるべきは、憎悪か愛情か知らないその執着を向けられたとき、一人の人間になにができるかという点です。そんな圧倒的な暴力を前に、我々はあまりにも無力だ」

藤崎の言葉に、場の空気が冷えきっていく心地がした。

たしかに二十四時間、加害欲求に憑りつかれ、それが人生のすべてである人間に、法律や警察がなんの役に立つんだろう？

……怖い。

怒りや悲しみや悔しさより、純粋に恐怖を感じた。……怖い。とても怖いと思う。

龍之介が直面している暴力は、茜音も日頃から薄々感じていたものだ。

藤崎の言うように、そんなものを前に一個人ができることなんてないに等しい。

改めてこの二人を見直した。こういう問題は軽視されがちで、「イタズラだから放っておこう」とされるのが常だけど、この二人は早い段階で事の重大性を察知し、警察や弁護士や精神科医の力を借りてどうにかしようとしている。いち経営者としても、この時代を生きる社会人としても、見習うべき姿勢と思えた。

そう。茜音はこのトラブルを「捨ておこう」と従業員に指示したのだ。

めちゃめちゃ甘かったと反省すると同時に、間に合ってよかったと思う。

「じゃあ、ボニーズスタイルがこんな損害をこうむったのは、元を辿れば私のせいなんですね。私が龍之介さんに近づいたから、伊生京香は逆恨みしてボニーズスタイルに損害を与えようとした……」

「そんな風に考えないで欲しい。元を辿れば君のせいと言い出したら、根本的には俺のせいということにもなる。俺と君が罪の意識を感じることこそが、奴の思うツボなんだ。だから、自分が悪いだなんて考えないで欲しい。俺もそんな風に考えたくない」

きっぱりと言いきる龍之介に、共感してうなずく。

「うん、そうですね。本当にそのとおりかも。誰が悪いとか考える暇があったら、この状況をどうにかしないと……」

すると、藤崎が一同を見渡して声を張った。

「以上が、我々に起きた事件の経緯です。もっと簡略化することも考えたのですが、ノーマン様と桐ケ崎社長にありのままをお話ししたほうが適切だと判断しました。ご理解頂けましたでしょうか？」

ここまで黙って聞いていたノーマンが口を開く。

「状況はよくわかりました。ここまで込み入ってるなら、すべて情報共有したほうが得策だと、私も思いますね。パーソナルなことですが、菱橋ＣＥＯが大切な人を守ろうとする気持ち、よくわかります」

……ん？　大切な人？　それって、私のこと？

首をひねっていると、藤崎がタブレットを操作して言った。

「さて、今後の方針なのですが……」

画面には今後のスケジュールが表示されている。ボニーズスタイルサイドとＡｖａサイドのすべきことが網羅されていた。

「伊生京香の対応と企業の炎上対応、この二つを分けて行動すべきと考えます。最終的な着地点は伊生京香の逮捕、および炎上の鎮静化を目指します。まず伊生京香のほうですが、マンションに塗料をまいた件について、桐ケ崎社長に北沢署までご同行頂き、上條刑事に話をして……」

ここで藤崎から、これからのことについて簡単にレクチャーを受けた。

龍之介たちはすでに弁護士や警察を味方につけており、かなり頼もしく感じる。

ひととおり話し合いが終わると、それまで藤崎に任せていた龍之介が口を開いた。

「次に炎上の件なんだが、証拠をそろえるにはカネと時間が掛かりすぎるし、最悪、奴の仕業と特定できない可能性もある。だが、速攻で鎮静化させる方法もあるっちゃある。コストも掛かるし、できればコンサルタントや弁護士の力を借りずに、最短で畳んでしまってはどうかと思うが」

「えっ、本当ですか？　そんな方法があるんなら、ぜひうかがいたいですけど！」

龍之介は考えるように少し沈黙し、こう言った。

「そのデザイナーを切れるか？」

「えっ？」

「だから、デザイナーを文字どおり切り捨てるんだ。槍玉に挙がっているデザインは、外部のデザイナーに委託したと聞いてる。今回の件、デザイナーが単独でやったことにし、ボニーズスタイルはあくまで善良な企業だった、という立場を貫くんだ」

「それって、デザイナーのせいにして、罪を全部押しつけて、うちの会社は逃げろってこと？」

すると、龍之介は渋面を作る。

「罪を押しつける、なんて言いかたは物騒だが……端的に言えばそういうこと」

「あの、けど、おかしくない？　そもそもやっていないことについて謝罪するっていうのは……」

「君の気持ちはよくわかるよ。だが、知らないやっていないと言い続けたところで炎上を煽るだけだ。盗作について謝るのではなく、これだけ世間を騒がせたことについて謝罪する、という点で妥協してくれないだろうか？」

え？　世間を騒がせたことについて謝罪……？

そもそも騒ぎはじめたのは茜音ではないし、納得いかない。

勝手に濡れ衣を着せ、騒いでいるのは世間のほうだ。それに対して頭を下げろだなんて……

……けど。

従業員やお世話になっている取引先、カスタマーを思えばこそ、一刻も早く事態を収拾する必要があった。それに、龍之介も藤崎も厚意でそういう提案をしてくれているわけだし。

「……わかりました。大人になれってことですね。けど、デザイナーに罪を押しつけるっていうのは……」

「少々強引ではありますが、どの企業も使っている手法です。たとえばロゴマークの盗用や小説の盗作問題が浮上した場合、委託した企業や出版社側は知らぬ存ぜぬを貫き、デザイナーや作家のせいにして糾弾の矛先を回避する、というのがセオリーですから。企業イメージを守るためには、冷酷な判断もときには必要です」

そう藤崎は補足した。

全部デザイナーのせいにして、うちは知らぬ存ぜぬを貫く……？

今回、デザインを委託したのはフリーランスのデザイナーだ。

彼女は元々アパレル大手でパタンナーとして働き、独学でランジェリーを作りはじめ、成果物をひっさげてボニーズスタイルに営業しに来たのだ。その素直な人柄と熱心な売り込みに心を動かされ、彼女を起用すると同時に新しいオリジナルブランドを立ち上げた。

結果、カスタマーより大好評を博し、ボニーズスタイルは急成長を遂げた。

こちらの要望どおりにデザインするのみならず、さまざまなアイデアを提案してくれ、デザイナーと社が一体となって品質の向上に集中できたおかげもある。

「デザイナーなんて掃いて捨てるほどいるだろう？　いちいち情けを掛けていたら、我が身が危険にさらされるぞ。ときには大勢を救うために、一人の犠牲というのはつきものだ」

龍之介は終始冷ややかだ。たしかに彼の言うこともわかる……

「最短で収束させたいならば、それが賢明です。矛先がデザイナーに向けば、ボニーズスタイルは被害者という立場を獲得できます。そういう方針で告知文を作成し、公開するのがいいと私も思いますが」

藤崎もさらに推してくる。

どうしよう……

経営をしていて胃が痛くなるのはこういう瞬間だ。懇意にし、戦友のようなビジネスパートナーと闘ったり、裏切ったりしなければならない。ときに自ら悪役を買って出て、泥をひっかぶらなければ経営はできない。

いつまでも純粋なままではいられないのだ。

悩むまでもなく結論は決まっている。会社を守るためなら、単なる委託先でしかないデザイナーを切るのは当然の判断。いちいち感傷的にならず、さっさと切ればよい。

デザイナーだって切られたところで黙々と対処するだろう。

自分の身は自分で守る、誰も助けてくれない、それが社会というものだ。

龍之介はいかにも「迷う必要ないだろ」と眉をひそめ、茜音に告げる。

「決断を」

どうしよっか……

茜音は長々と熟考の末、最後にこう言った。

「デザイナーは切りません。今回の件、あくまで責任はうちにあります」

龍之介が小さく舌打ちしたのが目に入る。

「もう一度言います。デザイナーは切りません。というか、切れません。うちにとって彼女はとても貴重な宝です。今後もパートナーとしてやっていくつもりですし、うちは全社をあげて彼女を守るべきだと思っています」

「そんなことしたら、収束までエラい時間と金が掛かるぞ。わかってると思うが」

いさめる龍之介に、茜音はうなずいてみせた。

「わかってます。すみませんが、今回は高い授業料を払ってでも、デザイナーと社を守りながら事態を収拾したいと思います。こういう問題は今後何度も起こるでしょうし、我々にとってもデザイナーの彼女にとっても、いい勉強になると思うんです。また同じ事態が発生したときに冷静に対応できますし、そのための投資だと思えば……なんとか」

あきれたようにため息を吐く龍之介に対し、申し訳ない気持ちになった。

「せっかく提案してくれたのに、ごめんなさい、本当に。けど、もう正直……ここでデザイナーを切るぐらいなら、もういいかなって。そうまでして守るべきものなんて、あるのかなって。事態が長引いたとしても、うちの従業員は皆強くて頼りになるし、たぶん従業員の中にもデザイナーを切りたいって子はいないと思うんです。そういう社風で、うちはずっとやってきたから……」

龍之介からすれば、さぞかし甘ちゃんに見えるんだろうな、と思うと自嘲(じちょう)の笑みが漏れる。

「だから、少々長引いてもいいかなって。皆で今回の件からいろいろ学び、経験値にしていきたいなって。もちろん、デザイナーも含めてね。こういうときどう対応するのかってすごく大事なことだと思うんです。これまでたくさん稼がせてもらったから、それだけ投資する体力がうちにはあるしね」

「そうですか。桐ケ崎社長のお気持ちはわかりました。それでは、桐ケ崎社長の意向に沿った形で我々もサポートして差し上げたいと思います」

藤崎が大きくうなずき、さらに言う。

「弊社(へいしゃ)のほうでネット法務のトラブル解決に特化した弁護士と、企業のネット炎上に詳しいコンサルタントの二名をご紹介します。もうアポは取っておりますので、お時間頂いて……」

それから、今後の動きについて打ち合わせをした。

これから弁護士とコンサルタントを交え、ボニーズスタイルが出す告知文を作成する。

さらに、Ａｖａの日本法人が「責任は問わないし、盗作とはみなさない。権利の侵害はない」とはっきり告知すると約束してくれた。

被害者とされているＡｖａが「問題ない」と宣言すれば、事態の収束は間近だろう。

「ノーマンさん、本当にありがとうございます。心より感謝いたします。もう、なんと御礼を言ってよいのやら……」

茜音が土下座する勢いで頭を下げると、ノーマンは目を細めて白い顎ひげを撫でた。

「まったく問題ありません。新進気鋭の企業にお力添えできて、我々としても大変光栄です。それに、これはボニーズスタイルさんだけの問題ではありません。誰かが生み出したものを、おとしめて潰そうとする匿名の勢力と、生み出す側である我々企業体との、生死をかけた戦いだと思っています。我々が匿名の暴力に加担するなど、絶対に有り得ませんよ。我々はいち企業として、そういう勢力には決して屈しないという、決意表明をする必要があります」

厳しい表情だったノーマンは、ふと相好を崩した。

「それにね、龍之介とは昔なじみなんですよ。彼が学生の頃からよく知っている。そんな彼が必死で守ろうとする、大切な女性のお役にぜひ立ちたいと思いましてね」

……んん？　大切な女性？　私が？

やっぱり、勘違いをされている気がする。

龍之介さんはいったい、二人の関係をどう説明したんだろう？　てっきり親友の友人という設定だと思っていたけど……

打ち合わせはそれから一時間ほどで解散となった。これからそれぞれ、やるべきことが山積みだ。

めいめいが会議室を出たとき、茜音は藤崎に声を掛けた。

「あの、藤崎さんも、本当にありがとうございました。ここまでして頂くのも悪いような気がして……」

藤崎は少し驚いたように目を見開いた。

「当たり前じゃないですか。桐ケ崎社長は、菱橋にとって家族のように大切な存在ですから。お力添えするのは当然のことです」

家族のように大切な存在？

肯定も否定もできず、「あ」とか「うぅ」とかうなることしかできない。

すると、見かねたように龍之介が割って入ってきて、怜悧な眼差しでこう言った。

「細かいことは気にするな。君はなにも心配しないでいい。俺に全部任せろ」

怒涛の忙しさだった八月が終わり、風が少し涼しくなってきた。

九月は在庫一掃売り尽くしや、秋物新作セールとイベントが立て続き、オフィスはてんやわんやだった。なんだかんだで結局、いつだって忙しいのだ。

そんなこんなで十月に入り、茜音と従業員たちは行きつけのイタリアンレストランに集まり、ささやかな『お疲れ様会』を開いていた。

「とりあえず、全部丸く収まって本当によかったですね！　八月はもうツラくてツラくて……ご飯も喉をとおりませんでした」

冷えたジョッキを片手に、声を張ってのぞみが言う。

元気いっぱいな様子で肌ツヤもよさそうだ。

「うーん。本当に喉をとおらなかったのか、あやしいところだけど……？」

茜音がからかうと、のぞみは高い声で「そんなことないですよー！」と応じた。

皆で集まるのはひさしぶりだ。今回はのぞみのたっての願いで、こうして開催するに至った。

茜音はグラスを手に、テーブルに着いている一同を見回す。

「皆、よく頑張ってくれました。おかげさまで炎上の件も下火になったし、むしろ、うちの知名度が上がって注文数も増えて、結果オーライだったのかなって思っています。いまだにクレームを言ってくるお客さんも多いけど……」

「ひたすら無視するしかないです。スルースキルをバッキバキに鍛えてますから！」

力強くそう言うのぞみに、ありがたい気持ちで茜音は微笑みかけた。

「うん、そうだね。私たちは私たちのやり方で、これからもランジェリーを提供していきたいと思ってます。本当にありがとう。今日は全部私のおごりなので、皆、好きなだけ飲んで食べていってください。それでは、乾杯！」

グラスを掲げると、皆も「かんぱーい！」とグラスを合わせ、楽しい雰囲気で会食が始まった。

「なんかー、今回いい勉強になったっていうか、めっちゃ反省してるんですよ、はんせーい！」

隣に座ったのぞみは、グラス二杯でほろ酔いになっている。

「反省？　なぜ？　のぞみちゃんが反省する必要なんてある？」

酒に強いゆえ、シラフの茜音が問うと、のぞみはだらっと脱力して頬杖をついた。

「これまでも盗作疑惑っていっぱいあったじゃないですか。ほら、有名どころだとロゴのやつとか、なんかの文学賞を獲った小説とか……。ああいうの見たとき、パクるなんてサイッテーって怒ってたんですけど、あれって……本当はどうだったのかなって。ほんとの、ほんとの、ほんとのところは、もしかしたら……」

「ああーわかるなぁ、それ。私も今回、初めて糾弾(きゅうだん)される立場になって、ちょっと考えたよ。のぞみちゃんとおんなじこと」

のぞみは「そうなんですよ！」と勢いよく身を起こし、さらに熱く語る。

「ランジェリー業界って特殊じゃないですか？　だから、この業界の人たちはうちのデザインがパクりじゃないって、すぐわかりますよね？　じゃあ、他の業界はどうだろうって。もしかしたら、私が知らなかっただけで、ロゴデザイン業界にはその業界特有の、文学界にはその世界特有のお約束があるかもしれない。そのお約束に照らしたら、そんなの、なんでもなかったんじゃないかって……」

「それも考えたよ。そうなると、だいぶ世の中の見方が変わってくるよね？」

「そうなんです！　そうなんですよ、茜音さぁん！　もう私、怖くって……。まさかって思ったら……」

「そうなると、嫌がらせに思いきり加担してたことになるよね？」

グラスを傾けて言うと、のぞみは大げさに頭を掻きむしった。

そんなのぞみを可愛いなと思い、つい微笑んでしまう。

「そうだね。わからない、っていうのが正直なところかな。白とも黒とも決められない、わからないって立場が本物。中立っていうより、私には判断できないって立場を取り続けるのが、なにより大切だと思うな」

のぞみは「ですよねー」と言い、ため息を吐いた。

「はああ。もう、当事者じゃないことには、クビ突っ込まんとこ」

「そうそう。私はそういうのぞみちゃんが好きだよ」

「よし。これから、ひたすら黙って受注データチェックしまくって、出荷指示かけまくります！冬のボーナスまで生きる！」

「まあ、今日は仕事を忘れて呑んじゃおう」

「呑みます呑みますガブ呑みします！　聞いてくださいよー。明日デートだったのにドタキャンされて……」

それから、のぞみのカレシへの愚痴(ぐち)にしばらく付き合った。

他の従業員たちも、リラックスした様子で会食を楽しんでいる。

二次会はカラオケにするかダーツにするかで、場は盛り上がっていた。

「けど、こんなこと聞いていいか、わからんのですけどぉ……」

のぞみはだんだんろれつがあやしくなってきている。

「あの、サッとやってきて、サッと去っていったイケメンＣＥＯいたじゃないですか。あれってもしかしたら、茜音さんの大切な人なんじゃないかと、密かに思ってたんですけどぉ……」

大切な人……

あれから、水面下では京香を逮捕するために動いていた。

正直、経験の浅い芮音は戸惑うばかりで、龍之介におんぶに抱っこ状態だった。

おもにマンションの塗料の件と龍之介への脅迫の罪で、最終的に証拠もそろい、先日、京香は無事に逮捕されるに至った。

盗作デマについては今回に限り、不問とした。Ａｖａ側の協力もあってダメージは深刻ではなかったし、京香との因縁を残したくない。よくよく考えた末の結論だった。

従業員たちに京香の件は話していない。そこまで話す必要はないし、万が一、従業員の誰かが京香の目に留まったら……と、想像するだけで怖かった。なるべく暗部を知らないに越したことはない。

なので、表向きは「盗作を焚きつけたのは見知らぬ匿名の誰か」という形で帰結した。

――だが、これで終わったわけじゃない。

藤崎も交えた打ち合わせの場で、龍之介はそう言った。

――刑期を終えたら、奴は必ず戻ってくる。そして、また同じことを繰り返すはずだ。物語なら悪い奴は捕まってハッピーエンドだが、残念ながらこれは厳しい現実なんだ。いくら法律で裁かれたところで、人の心は変わらない。変わるわけないんだ。

そうかもしれないな、と思う。

きっと、法律にも警察にも京香を止める手立てはなく、また舞い戻ってくるんだろう。

仮に条例で物理的に遠ざけたとしても、精神的に執着するのは可能だ。

今の時代、距離が離れていたって相手を傷つける方法は無数にある。

そうしてまた、生み出す者とそれを潰そうとする者の、終わりなき戦いがはじまる……

龍之介は素晴らしく頼もしかった。決断は早く、常に判断は正しく、抜群に行動力がある。陰になり日向になって茜音をサポートし、適切なタイミングで適切な助言を与え、人脈とお金をフルに使い助けてくれた。

この人生で、これほどまで頼りになる男性は、あとにも先にも彼一人だろう。

「そうねぇ。大切な人っちゃ、大切な人なんだけど……」

答えあぐねていると、なにかを察したらしきのぞみがすまなそうに頭を下げた。

「……すみません。聞いちゃマズかったですね。酔っぱらってるもんで、許してください……」

「いいんだよ、全然。話せるときが来たら、いつかのぞみちゃんにも聞いてもらうから」

「はいはい、もちろんです。お待ちしてまーす！」

のぞみは元気よく言い、グラスワイン赤のお代わりを注文した。

従業員たちの大騒ぎを目に映しつつ、ぼんやりと追憶にふける。

最後に彼と通話したとき、こう聞いてみた。今回、契約した動機はこれだったのか？　京香を恐れ、秘密裏に子供をもうけたかったのか？

すると、画面の向こうの龍之介は答えた。

——そうだよ。だが、それだけじゃない。たしかに奴が与えた影響は少なくないが、それだけが理由じゃないんだ。なんていうか……たった一人でいい。心から信じられる人間が、一人だけ欲しかったんだ。

二時間ほどで場はお開きとなり、めいめい連れ立って店の外へ出た。

「お疲れ様でしたー！　ひさびさにちょっと呑みすぎた～」

「お疲れでーす。魚介のパスタ、めっちゃ美味しかった～♪」

「はいはーい、二次会行く組はこっちに集まってくださーい！」

金曜夜の新宿は相変わらずにぎやかだ。

茜音たちと同じような酔っ払いがワイワイ楽しそうに騒いでいる。

今夜はそんな彼らを、微笑ましい気持ちで眺めることができた。

こんな瞬間は、社長をやっていてよかったなと思う。

毎日毎日、頑張って闘ってヘトヘトになって、こうして仲間たちとウサ晴らしするのだ。

皆と一緒に騒ぐのは楽しいし、小さな幸せを感じるし、人との繋がりはあったかいなと実感できた。

伊生京香の事件で人間の暗部を垣間見てしまったあとだから、なおさら。

今日は楽しかったな……

きっと長い人生からすれば、仲間なんてほんの一瞬でしかない、儚(はかな)い繋がりかもしれない。

関わり合うのは数年で、すぐに別れてそれぞれの人生を歩むんだろう。

けど、いずれ終わるものだとしても、今この一瞬が輝くことこそが、なにものにも代えがたいと思えた。

安全な場所で誰かと笑い合える、この一瞬が本当に。

「茜音さーん！　は、二次会行かないんですか？」

完全にでき上がってるのぞみが抱きついてくる。

「ううん。私はここで失礼するね。皆、気兼ねなく楽しんでおいで」

「えええーっ！　なんでですかー？　行きましょうよぉ～楽しいですよぉ～！」

ごねるのぞみをなだめすかし、二次会へ繰り出す従業員たちを笑顔で見送った。

「……さてと」

たまには電車で帰るかなと考えながら、駅の方角へ歩き出す。

もう十月だというのに、東京は蒸し暑い日が続いていた。

あれから、龍之介とは起訴の件で何度か顔を合わせたけど、プライベートで会うことは一度もなかった。あちらも忙しいだろうし、休日に二人きりで会うのも簡単じゃない。忘れてはならないけど、相手は天下のＳｏｕｆｆｙのＣＥＯなのだから。

契約出産の件は宙ぶらりんのままだ。続行するかやめるか決まっていないし、龍之介がどうしたいのかもわからない。中途半端のまま音信不通となり、自然消滅しそうだ。

龍之介には感謝している。

今回の件、京香が元凶だったとはいえ、彼が茜音を助ける必要はなかった。

「大切な女性だからサポートする」と申し出てくれたけど、実際はただの契約相手なんだし、そこまでやる義理はない。しかも、龍之介や藤崎に報酬を支払ったわけでもなく、完全にボランティアとしてボニーズスタイルを窮地から救ってくれた。

やっぱり、優しい人なのかなと思う。関わった人たちを大切にし、放っておけない親分肌で、面倒見がいいのかなって。

彼には大きな借りを作ってしまった。多大な恩が過ぎて正直、どう返したらいいかわからない。

あのとき、すごく格好よかったな……

大ピンチに陥った八月のあの日、さっそうとオフィスに現れた龍之介は本当に素敵だった。

茜音の目には冗談抜きで、白馬に乗った騎士様のように映ったのだ。

まあ、あのときの彼は超不機嫌で、ボス悪魔とそのしもべたちのようにも見えたけど……

——君はなにも心配しないでいい。俺に全部任せろ。

そう言われたとき、わっと泣き出しそうになった。

心底困っているとき、誰かに助けられた経験が初めてだったから。

「はあーあ。あんなのさ、好きになっちゃうよなぁ……」

トホホな気分でつぶやく。好きにならないわけがない。好きになるしかない。

ヴィジュアルや肩書きだけじゃない。言葉にならない、ひどく心惹かれるなにかがあった。

普段は冷淡で無機質な人だけど、抱き合っているときためらうように震える指先や、ふとした刹那に見せる優しい眼差しが、彼の真の姿なんじゃないかと思えるのだ。

優しさと冷酷さを行ったり来たりする、彼の苦悩のようなものを感じ、それに堪らなく惹きつけられた。

そんな彼の本性を知っているのは、他ならぬ自分だけのような気がして……

このとき不意に、伊生京香の丸顔が思い出された。膨らんだ頬と横に広がった小鼻、表情は常に笑みを湛えている。その黒目がちの瞳は、「私には全部わかっているのよ」と語っている気がした。

決して鈍い女性には見えなかった。むしろ繊細で、敏感で、鋭さを隠し持っていたような……

もしかして、彼女も同じように龍之介に惹かれたんだろうか？

たしかに、龍之介は常人とは違う、異色の空気をまとっている。わかる人にしかわからない、あの独特な魅力は人を選ぶ。普通の人が龍之介を見たら「冷たそうで傲慢そうで怖い」と拒絶するはず。

なのに、伊生京香は彼の優しさと純粋さを見破った。著書や動画をとおし、彼の内側に秘めた魅力を嗅ぎつけ、それを愛し、深く思い入るようになった。

けど、それは永遠の片想いで成就することはなかった……

ああ、そうか、と足が止まる。

うしろを歩いていた中年のサラリーマンが、急に立ち止まった茜音にぶつかりそうになり、舌打ちしながら追い越していった。

そうなのかも。伊生京香も、私も、同じ穴のムジナって奴なのかも……

今なら少しだけ、彼女の気持ちがわかる気がした。

好きになっちゃダメ、好きになっちゃダメと、どんなにブレーキを掛けても、気づけば彼のことを思い、切なく焦がれている。

　叶わぬ恋だとわかっているのに、加速する想いをどうすることもできず、悲しい気持ちで途方に暮れるのだ。まるで嵐に翻弄される、無力で小さな葉っぱみたいに。

　どうして、こんなに好きになっちゃったんだろう？　うまくいくわけないのに。あなたは私に興味なんてないのに。

　それでも、好き。どうしようもなく、好き。嫌われてもいい。少しでもあなたに関わっていたい。

　悲しいよ。ただ、愛されたいだけ。振り向いて欲しいだけなのに。苦しくて、ツラくて、もう……

　大好きという甘い気持ちが、灼熱の蛇みたいに変わり、胸のうちにとぐろを巻く。

　だんだんそれは、濁って歪んでどす黒くなっていき、内臓が引きちぎれるような苦痛に変わる……

　ああ、そう。私を受け入れないの。拒絶するのね？　私を無視して、人間扱いしないんだ。

　そうなの……そっか……。なら、私もあなたを拒絶するね？　あなたの存在なんて認めない。

　そうして独り、真っ暗闇で膝を抱え、こう思うのだ。

　あなたなんて、生まれてこなければよかったのに。

「……っ!?」

　はっ、と空気が気道をとおり抜け、我に返った。

　背中は汗びっしょりで心臓は早鐘を打ち、いつの間にか息を止めていたらしい。

な、な、なんなの？　今の……。今のって……？

はあ、はあ、と肩で息をしながら、呆然と額の汗をぬぐう。

もし龍之介と結ばれなかったら……と想像すると、とてつもなく黒々とした情動が、濁流のように渦巻く感じがした。それは人の感情とは呼べぬ、異形の禍々しいなにかで……

今の奇妙な一瞬を、誰かに見られてやしないかと、やましい気持ちで周りを見回した。

……大丈夫だ。街ゆく人たちは、茜音のことなど見向きもせずに歩いていく。

密かに胸をドキドキさせ、雑踏に紛れてふたたび歩き出した。自分の中にもたしかにある、京香と同じ闇の存在を感じながら。それに対する罪悪感を隠しながら……

無関係な人を刺傷する、伊生京香に同情なんてしない。同情なんて、絶対しないけど……

視線を上げると、巨大なＪＲ新宿駅の建物の奥にある夜空に、細い三日月が浮かんでいた。

それはまるでうっとりと閉じられた、まぶたのようにも見える。

その神秘的な黄金色のカーブは、とても美しかった。

冷たく輝く三日月と、自分の汚さのコントラストが、やけに際立つ。

ああ、綺麗だな……

この渇いた大都会の底で、独りぼっちでもいいと思えるほどに。

仮にこのまま、誰にも見出されずに死んだとしても、そのすべてを許せるほどに。

それほどまでに、綺麗だった。

そのとき、着信音が高らかに鳴り響く。

スマートフォンの画面に菱橋龍之介の文字を見たとき、彼の想いと自分の想いが一本の糸になって繋がったような、不思議な感覚があった。

受話口から龍之介の静かな声が聞こえる。

『……今から会えないか？　会いたいんだ』

彼の声を切望していた自分に気づき、わけもわからず涙が溢れそうになった。

私も会いたいよ。ずっと、会いたかった。

そう伝えたいのに、うまく声にならない。

『いや、会いに行く。どこにいようと、すぐ迎えに行くよ。今、どこにいる？』

いろんな思いが込み上げてきて、スマートフォンを持つ手がかすかに震える。

答える前にまぶたを閉じ、激しい感情が身のうちをとおりすぎていくのを待った。

龍之介が迎えに来るまで、二十分もかからなかった。

茜音はネオンきらめく靖国通りに立ち、三日月を見上げながら風に吹かれる。

市ケ谷方面から走ってくるスポーツカーが目に入ったとき、息が苦しくなるほどドキドキした。

これからなにか、経験したことのないような、素晴らしい奇跡が起こる気がして……

龍之介は茜音を素早くピックアップすると、初台方面に向かってアクセルを踏み込む。

相変わらずの仏頂面で言葉は少なく、「ひさしぶり」と小さく言ったきり、ひたすら黙って車を走らせた。

三十分もしないうちに龍之介のマンションに到着し、車は地下駐車場で停まる。

龍之介はエンジンを切ると、ハンドルの上で両腕を組んでそこに顎を載せ、茜音を横目で見た。ちょうど運転席はルーフの陰になって薄暗い。

茜音はただ黙って、白くきらめく瞳と見つめ合った。

「……会いたかった」

しばらくののち、彼はポツリとつぶやく。茜音に言ったというより、独り言みたいに聞こえた。

茜音は、答える代わりに小さくうなずく。

言いたいことが山ほどあったはずなのに、いざとなると言葉が出てこなかった。

「返事。まだ、言ってなかっただろ？」

あ、そうだ。ようやく思い出す。

一連のゴタゴタでうやむやになっていたけど、よくよく考えたら茜音が告白をし、龍之介からその返事をもらう、というところで止まっていたはず。最後に別荘で別れて以来、二人きりになるのが初めてだということに、今さら気づいた。

「そう。そうそう。返事、まだ聞いてなかったけど……」

言いながら、自信がなくなる。ここで盛大にフラれてバッドエンドという流れも有り得る。

判決を待つ被告人のような気持ちでいると、龍之介はすっと視線を正面に向ける。

深夜の地下駐車場は静まり返り、二人しかいなかった。

「俺、ちゃんと言わなきゃって、いろいろ考えてきたんだけど……」

そう語る彼は、親指の爪をそっと咥えた。

その美しい唇に見惚れ、ぼんやり思う。

私、本当にこの人とキスしたんだっけ……？

記憶があやふやになるような変な感じだ。彼といるときの自分が、日常の自分とは違うせいかもしれない。

「あ、あの、ちょっと待って。返事を聞く前に一つだけ、いい？」

すると、彼は「なに？」という風に眉を上げる。

「あの、私……。あなたには本当に感謝してるの。もう、数えきれないほどの膨大な恩があるから、あなたの返事がどうであれ、あなたを恨むようなことは絶対しない。生きている限り、あなたになにをされても感謝しかないし、命の恩人ぐらいに思ってるから。それだけは伝えておきたくて」

会えたら一番に言おうと思っていたこと。心を込めてもう一度繰り返した。

「本当にありがとう」

「いや、いいよ。別に、そんなの」

はにかんだように視線を泳がせる彼が、可愛らしく見える。

「でも、よかった。あなたから連絡がきて。もうこのまま終わっちゃうのかなって思ってたから……」

「終わるわけないだろ。ただ、少し考える時間が欲しかった。本当はどうしたいのか、自分自身はっきりさせたかったし、俺も君みたいに……正直な気持ちを伝えなきゃと思った」

じっと正面を見据え、ぽつりぽつりと彼は語る。

いつになく真剣な様子に、黙って耳を傾けた。

「このままそ知らぬふりして契約を続行することも考えた。そうすれば、契約で君を縛ることができる。俺は本心を打ち明けることもなく、その結果傷つくリスクも回避して、安全に君を傍に置くことができるからね。だが、やっぱり……そういうのはよくないと思った。そんな風に君を支配しようとしたら、俺も奴とまったく同じになってしまう」

京香の膨らんだ顔が脳裏をよぎり、なんとも言えない気持ちになった。

彼女は今、拘置所にいて、身動きできないはず。

「ただださ……ようやく、奴の気持ちが少しわかった気がした。誰かを一途に深く思うということが、どういうことなのか。それが自分にどんな変化をもたらすか。そしてそのすべてがコントロール不能なんだって、思い知ったよ。三十四歳にして初めてね」

自嘲気味に言う彼に対し、初めて親近感を覚えた。

「私もさっき、まったくおんなじこと考えてたの」

「……うん」

「そっか。あなたがそんな風に思ってくれる人で、よかった」

すると、彼は身を起こして大きく息を吸い、それを吐き出す。

それは勝負に挑む前のアスリートをほうふつさせた。

「今から、本当のことを言うよ。これは、俺の弱い部分だし、コンプレックスでもあるから、頭がおかしい変な奴だと笑ってくれて構わない。ただ、全部話したあと、君の気持ちが変わらないかどうか聞かせて欲しい。それで嫌いになったらなったで、はっきり言ってくれていい。そういう覚悟で今日は来たから」

返事の代わりに黙ってうなずく。

「この話は、今まで誰にもしたことがないんだが……」

彼は緊張をほぐすようにもう一度、はぁっと息を吐いた。

「実は俺は……極度の人間不信なんだ。不信というより、恐怖症と言っていいかもしれない。表面的に付き合う分には大丈夫なんだ。だから、経営者としてはおそらく問題ない。ビジネスシーンってそういうもんだろ？　本心を隠して嘘を吐き、体裁のよい美辞麗句を並べ、社交辞令ばっかり言っている。むしろ、そういうのは超得意だからさ」

そうだろうな、と思う。さまざまな会合の場でも、彼はまさに無敵状態だった。

そのサイボーグのような非人間的なところが、ビジネスパートナーとして安定感があり、信頼されるんだろう。

「昔はそんなことなかった。友人にも先輩後輩にも心を開いていたし、彼らを信じていたよ。だが、ＣＥＯに就任して、奴から執拗につきまとわれるようになって……人間の裏側にある、残虐さや暴力性がはっきり形となって、目に見えるようになった。もちろん表面上は無視して気にしていないが、長い年月をかけて、徐々に浸食されていったんだと思う」

彼は痛みでもあるみたく、心臓の辺りを押さえた。

「種をまくみたいに、少しずつ植え付けられていくんだ。……恐怖をさ。だんだん……本当にゆっくりしたペースで、人を信じられなくなっていく」

そこで彼はゴクリと唾を呑み、絞り出すように言う。

「根底にあるのは、恐怖だよ。怖いんだ。人が怖くて怖くて……堪らない」

思わず彼の手を握ると、血が通っていないように冷たかった。

すると、彼は苦笑して言う。

「子供の頃にさ、ホラー映画を観たんだ。悪夢の中にいた殺人ピエロが、現実に出てきて一人ずつ殺していく。ターゲットにした奴は、絶対に逃がさない。今になって、あの映画が伝えたかったことがわかるような気がする。あの殺人ピエロは、たとえだったのかもしれない。ああ、あれは本当にあるじゃないかって、すんなり理解できた」

このとき、彼に対して憐れみに近い感情が湧いた。

京香の件だけじゃない。名のある経営者というのは、それでなくても大衆の標的にされる。そういう攻撃性と対峙し続けているうちに、きっと心がヘトヘトに疲れてしまったんだ。

同じ経験がないわけじゃないから、よくわかる。

「君はなんか……人を心から信じているね。そういうのが、すごく伝わってくる。あきらめていない。絶望していない。まだ信じてる。信じ続けてる」

「そんなことないよ。私だって同じ。あなたの言うこと、すごくわかるもん」

そう。いつもそんなことを考え続けていた。

漠然と心の片隅で感じながら、日々を生きてきた。誰かに話すのは初めてかもしれない。

「私もね……ずっと、ずっと闘ってるの。こう、暗いほうへ引きずられそうになるのを……必死で堪えて、逃げて、明るいほうに行こうともがいてる。私が人を信じているっていうのは、ちょっと嘘があるかな。本当はね、信じてるんじゃなくて、信じたいの。人を信じたいと、ただ願ってるだけ」

こうして言葉にすると、自分のことが少しわかった気がした。

「……そうか。君らしいね」

そう微笑む彼が儚く見え、ソワソワした心地になる。

なぜか今にも、彼が遠くへ行ってしまいそうで……

「今回の件でわかっただろうが、俺と一緒になったら、君にもいろんな害が及ぶと思う。奴はもちろんのこと、奴だけじゃないんだ」

彼はそっと手を握り返してくる。

「君のことを、守りたい」

切実な眼差しに、心打たれた。

君を守る、と断言しないところに本音を感じる。

この、なにもかも不確かな世界で、本当に守れるかどうかなんて、誰にもわからないから。

「そのためなら、なんでもするつもりだ。君が闘い続けているなら、俺も一緒に闘いたい。俺も……君と一緒に、明るいところにいたいんだ」

気持ちが痛いほど伝わってきて、なにも言えなくて、ただ彼の手を握り返した。

いつも冷淡な瞳が、不安そうに弱々しく揺らぐ。

「君が、好きだ」

声は聞き取れないほど、小さなささやきになる。

初めて前にした、彼の剥き出しの感情は、もろく、壊れやすいものだった。

それにドキドキしながらも、慎み深い気持ちが湧き上がってくる。

すごく真剣な想いというのは、茶化したり傷つけたりしたくない。

このとき、自分が彼の想いにふさわしい人間でいられるよう、切に祈った。

「可愛くて、正直で、強いところが好きだ。君には敵わないなって、ずっと思ってたよ。君と一緒にいると、陽の光を浴びているような気持ちになれる。もう一度、人間を信じてみようかって思えるんだ。もっと君のことを知りたい。これからも君と一緒にいたい。だから、この契約を本物にしないか？」

彼の瞳は穏やかに凪いで、薄闇にきらめく水面のようで、綺麗だった。

「うん。私も、好き。もっとあなたと一緒にいたい……」

どうにか声を絞り出すと、腕を引かれて抱きしめられる。

回された彼の腕は優しく、ひさしぶりの彼の匂いに心が安らいだ。

ああ、人って……あったかいな……

ほっと気が緩んで、涙腺が熱くなった。

「あのとき……君がデザイナーを切らないと断言したとき、君を好きになってよかったと思った。

俺自身まで救われた気分になったんだ」

彼の唇が耳たぶを掠め、心地よい刺激がうなじに伝わる。

「今から、俺が君をどれだけ好きか、証明するから」

汗のにじんだ素肌が擦れ合い、にゅるりっと滑る。

仰向けになった茜音は、しっかり抱きしめられたまま、深い気持ちの入った愛撫を施された。

あ……。く、くすぐったいけど、すごく気持ちいい……

まぶたを閉じると、秘裂をまさぐる冷えた指は、触れて欲しいところを的確に愛でてくれる。

うっとりするような指先の旋律に、徐々に全身が火照り、生温かい蜜がこぼれ出した。

「……可愛い」

低音でささやかれ、ドキン、と鼓動が高鳴る。

わかりやすく、ますます蜜が溢れ、恥ずかしかった。

「……キスしたい」

そうせがまれ、唇を開き彼の舌を受け入れた。

何度も何度も濃厚なディープキスをされ、急くように絡みついてくる熱い舌から、彼の焦がれるような恋心が伝わってくる。

さっき、駐車場で「好きだ」と言われたときは正直、半信半疑だった。けど、こうして抱かれてみるとはっきりわかる。

声音から息遣いから眼差しまで、体温も指先も抱きしめかたも、深い思いやりに溢れていた。

……あ、すごい。男の人ってこんな風に、感情をエッチで表現できるんだ……

というのは新たな発見かもしれない。

「好きだよ。茜音……」

色っぽい美声に、心をグッと掴まれる。

あ……。私も、好き……

そう言いたいのに、ドキドキしすぎてしまい、声がうまく出せない。

こうして彼のたくましい体躯に包まれていると、赤ん坊みたいに安心してリラックスできた。

夢心地で身をゆだねているだけで、とてつもなく優しく体を開いてくれ、堪らない快感を与えてくれる。

「肌、すごく綺麗だ。初めて見たときから、綺麗だなって思ってさ……もう、めちゃくちゃ欲情してた」

や、や、やめて……！　恥ずかしいよ……

セクシーにささやかれ、本気で心臓が壊れそうだった。

それから龍之介は、バニラアイスクリームにそうするみたいに、ひどく美味しそうに茜音の肌をあますところなく舐め尽くした。二の腕やわきやお腹の柔らかいところを吸い上げ、乳房の頂にある蕾を丹念に舐めしゃぶる。

「ここも……可愛い。ほら、こんなに勃って、ピンク色で……」

んんっ、ちょ、ちょっと……舌遣いが、い、いやらしいよっ……

ねっとりした刺激に思わず片目を閉じ、歯を食いしばって耐えた。

すでに硬くなった蕾を、吸い上げては舌でもてあそぶ。

「好きだ……」

胸の蕾だけでなく、体中の細胞一つ一つに「好きだ」と、言って回っているみたいだ。

優しくて淫らな舌の愛撫に、ただ蜜を分泌させることしかできない。

すると彼は、茜音の股を大きく開かせた。

ひらりと花開いた蜜口に鼻先を寄せ、にゅるっ、と舌を挿し入れてくる。

ぬるぬるした粘着質なものが奥まで押し込まれ、縦横無尽に這い回った。

「……っんっ!?」

その、堪らなく淫靡な感触に、腰が跳ね上がる。

それでも、腿を押さえつけられ、長い舌が出し入れを繰り返した。

「んあっ、あぁっ、もう……や、やめっ……」

彼はゴロゴロと猫みたいに喉を鳴らし、ささやく。

「君のここ、ふわふわで柔らかくて、すごく綺麗な色してる。可愛い、食べてしまいたい……」

ぴちゃっ、ぴちょっ、と音を立てて蜜が掻き出されるたび、ゾクゾクが止まらなかった。

四肢にうまく力が入らず、ぼんやりして現実感が遠のく。

抵抗できないのをいいことに、秘裂は丁寧に舐め回され、こぼれた蜜は一滴も残さず呑み下された。

花びらも花芽も粘膜も、執拗に攻められたせいで柔らかくふやけ、とろとろに溶けてしまいそう……

あ、あの、早く……

視線を下げると、彼の隆々とした大腿筋の間から、雄棒がそそり立っていた。

限界まで、ギチギチに膨らんだそれは、興奮しているのか、力強く脈打っている。

先端から透明な液が、絶え間なく根元へ垂れるのを目にし、蜜壺がかすかに疼いた。

彼は長くて太いそれを握り、先端を蜜口にあてがう。

その、つるりとした丸みを花びらで捉えると、蜜壺がきゅぅっと切なくすぼまった。

まるで肉体が知らず知らずのうちに、彼を求めているみたいに。

「子作り……続けようか。時間もないし、なるべく早いほうがいいし……」

そう言う彼の声は上ずり、こちらまでエロティックな気分にさせられた。

「うん。私も、そうしたい」

この契約を本物にし、あなたと家族になりたい。二人で一緒に、明るいところにとどまりたい。

こちらを見下ろす、青みがかったグレーの瞳は、あのとき別荘で見た湖みたいに穏やかで、静かで、優しさに満ちていた。

その美しさに見惚れている間に、彼がゆっくりと腰を進めてくる……

なじみのある硬いものが、柔らかい膣襞をじわじわと掻き分け、やがて根元まですっぽりと収まった。

彼は上体を倒してじっとのぞき込み、茜音の前髪を掻き上げると、ふたたび唇を重ねてきた。

「……んんふ……」

キスに応えながら、その引き締まった体躯に両腕を回す。

指先が背中の発達した僧帽筋に触れ、それが男らしくて素敵でときめいた。

彼は全体重をかけないよう気遣い、しっかり抱きしめてくれる。甘すぎる口づけに酔いしれ、お腹も胸も隙間なく密着し、こうして彼の興奮したものをお腹に包み込んでいると、彼と自分が一体となったような、静かな充足感が訪れた。

あああ……。あったかくて、すっごく幸せ……

まるで双子の子供みたいに抱き合い、肌と肌をぴったりと重ねたまま、彼の腰だけがいやらしく前後にうねりはじめる……

深い口づけをされながら、繰り返し繰り返し優しく突かれ、最高の心地よさに恍惚となった。

ん、あっ、あぁっ……。なんか、こういうの、好き……

スローなペースでベッドのマットが弾み、茜音の体も上下に揺れる。

硬い雄棒が滑り抜けるたび、甘い刺激を与えられ、それが堪らなく気持ちいい……

「茜音……。好きだ。大好きだ……」

絞り出すような声で、抑え込んできた恋情をぶつけられ、それは激しいけれど心地よいものだった。乾いた砂漠で、冷たいスコールに全身を打たれているみたいに。

淫らに躍動する巨躯にしがみつき、より深く彼を受け入れる。

彼と一体になりながら、奥まで深く何度も貫かれ、だんだん速くなる振動に身を任せた。

「ああっ、茜音……好きだ……。も、もうっ……」

褐色の肌に玉の汗が浮かび、抱いた腕がずるりっと滑る。

彼は、ハァハァと息を乱し、屈強な腰はスピードを上げ、ヘコヘコと前後した。

矢じりのような雄棒が、膣道に滑り込んできて、最奥のポイントを何度も何度も穿つ……

粘膜と粘膜の摩擦面に、とろけるような火花が弾け、心地よさに気が遠くなった。

下のほうから、なにかがせり上がってきて、それが限界まで膨らんで張りつめる……

「あぁっ、んっ、りゅのすけっ、さんっ、も、もぅっ……」

ダッ、ダメッ！　イッちゃうよっ……

律動していた彼の腰がビクビクッと痙攣し、ずるりっと奥のほうを擦りつけられた。

引きつるように、茜音の背筋が反り、ぎゅっと股関節が緊張する。

んあぁぁっ……

張りつめていたものが一気に弾け、快感の稲妻が全身を打った。

「あ、茜音っ……」

苦悶の表情で、悲鳴に近い声を出す彼。

瞬間、お腹の奥で熱い精が射出されるのがわかった。

彼は小刻みに腰をわななかせ、どんどん精を放っていく……

「んくっ……うぁっ……」

眉をひそめ、顔を横にそむけ、射精の快感に打ち震える彼の姿態は、堪らなくセクシーだった。

その美しさを目に映しながら、お腹の中が温かい精でゆるゆると満ちていく……

ああ、素敵……。すっごく好き……

絶頂の余韻と彼の美しさに、恍惚としてしまう。

こうして愛し合える幸せを噛みしめ、その刹那が終わるのを待った。

あますところなく出し尽くすと、汗で濡れた体躯は脱力して倒れ込んでくる。

徐々に力を失っていく彼のものをお腹に孕んだまま、お互いの鼓動が轟くのを、静かに聞いていた。

「……茜音。愛してる」

彼はそっとささやき、茜音の汗ばんだ額を撫でてくれる。

あ……。そうなんだ。こんなに優しい目もできるんだ……

こちらを見つめる灰色の瞳が深い慈愛に満ち、そこに少し哀しみもあるような気がして、胸がいっぱいになった。

これ以上にない優しいセックスに、彼を抱きしめながら、涙が溢れそうになる。

本当はこんなに純粋で、こんなに優しい人なのに、随分長い間ひどい攻撃にさらされてきた。

きっと深く傷ついたに違いないのに、どんなに人間の恐ろしさを目にしても、独りでじっと耐えて……耐えて、耐え続けて、「俺は大丈夫だ」と強い経営者を演じてきた。

誰かに深いところまで干渉され、中傷され続けたら、人間不信になるのは当たり前だと思う。

見知らぬ誰かにレッテルを貼られ、勝手に分析され、こうだと決めつけられる怖さは、痛いほど知っている。

そのことも含め、未熟で弱くてもろい彼のことが、よりいっそう愛おしく感じた。

「もう、大丈夫だから。あなたのことは、私が守るから」

彼のうしろ髪に指を絡め、切ない思いでそうささやく。

彼は少し驚いたように、少し目を見開いた。

「信じて大丈夫。二人で思いっきり幸せになりましょう。子供もたくさん産んで、大家族にして、毎日毎日にぎやかに明るく過ごすの。そうすればきっとね、暗いことなんてはねのけちゃうから。私があなたのことを毎日笑顔にしてあげる！」

そう宣言し、彼の鼻先にチュッとキスする。

これが本当の気持ちだった。これは約束であり、祈りであり、決意だ。

もし、非力な人間にも暗いチカラに対抗できる、唯一のものがあるとすれば、やっぱりそれは

「好き」という気持ちだと思った。

とてもシンプルな話だけど、それしかないと思うのだ。

「あなたが大好きだよ。だから、幸せになろう」

精いっぱいの想いを込め、彼のほっそりした頬を撫でる。

すると、彼は一瞬、顔をくしゃくしゃに崩した。

まるで、今にも泣き出そうとする子供みたいに。

思わず息を呑み、彼の瞳を見つめる。

……けど、彼が泣くことはなかった。

代わりに唇をせがまれ、柔らかいキスを交わす。

触れ合う唇をとおして、「うん。幸せになろう」と、彼が答えてくれた気がした。

このとき不意に、あるイメージがまぶたの裏に去来する。

まばゆい光の下に立つ龍之介と、その強すぎる光のせいでできた、日陰に立つ京香のイメージが……

まぶたを閉じたまま、小さく祈った。

きっと、私にできることはなにもない。誰のことも救うことはできない。私自身を救うことだけしか……

だから私は、彼を好きという気持ちを大切にし、育てていきます。

この胸に灯った小さな火を守ること……私にできることは、それしかないから。

けど、願わくは……

どうかあなたにも、温かくて優しい夜が訪れますように。

「その、あんまり経験がないから、慣れてないんだけど……」

恥ずかしそうに遠慮する茜音に、龍之介は「構わないから、続けて」と返した。

仰向けに横たわった龍之介の視線の先には、茜音の白くしなやかな肢体がある。

今度は攻守逆転し、彼女は龍之介の腰にまたがった。興奮して硬くなった雄棒はすでに、蜜壺の奥深くに収まっている。

あぁ……あったかい……

しっとりとよく濡れた肉襞に根元までくるまれ、淫靡な心地よさに声が漏れる。

彼女はどこもかしこも柔らかくて、優しくて甘くてとろとろで……

「大好きだ。茜音……」

すると、呼応するように媚肉に吸いつかれ、思わずため息が出た。

「あの、どうすれば……」

はにかんでいる彼女が、とてつもなく可愛い。

真っ白い雪のような肌に、二つの乳房がふっくらと膨らんでいる。

先端の蕾は苺のように色づき、丹念に愛でられたせいで唾液に濡れ、ツンと前に突き出していた。

美しくて、いやらしくて、すごくドキドキする……

見ているだけで口腔に唾が溜まり、雄棒はますます硬く、力がみなぎる。

「っ⁉」

龍之介の変化を感じ取ったのか、茜音がそっと下腹部を押さえて言った。

「な、なんか、急に大きくなった？」

「うん。君がすごく綺麗だから」

彼女は目を丸くして頬を染めた。反応はウブなのに、肉路はどんどん狭くなり、龍之介を淫らに圧搾しようとしてくる。

「い、いいよ。そのまま、動いて……」

抑えようもなく、声がうわずってしまう。

彼女は戸惑いながらも、ゆっくりと腰を前後に動かしはじめた。

柔らかい媚肉に優しくしごかれ、痺れるような快感とともに、じわじわ射精感が上がってくる……

「あ、あぁ、いっ、いい、いいよ……茜音、好きだ……」

こうして、彼女のいいように雄棒をもてあそばれるのは、堪らなく興奮した。

綺麗な女体が自分の上で艶めかしく躍るのを見るのは、男として無上の悦びだ。

「あ、んっ、き、気持ちいい……です……」

彼女はそう告白し、龍之介の臍の下辺りに手をつき、さらに腰を強く振った。

雄棒がとろとろの粘膜に擦れ、一気に達しそうになり、ぐっと力を入れてやり過ごす。

「あ、いいっ、よ、そ、そのまま、続けて……」

羞恥心を残しながらも、彼女は貪欲に快感を追い求め、細い腰はうねりはじめる。

彼女は蜜壺の奥のほうに、カリの部分を擦りつけようとしてきて、そこが堪らなく気持ちいい。

うわ、うくっ、そこ……や、やばい……よすぎて……

低いところから、どろどろした熱が徐々にせり上がってくる……

まるで精を搾り取ろうとするかのように、蜜壺はきゅぅ、とすぼまり、ぬるぬるの襞にしごき回された。

彼女は少しすまなそうな表情で、けどエロすぎる腰使いで、容赦なく攻め立ててくる。

それでなくても、生のセックスは感度が高いのに、かつてないほど淫らに雄棒を擦られ、もう限界は近かった。

ま、まずいっ……これは……。もうっ、と、とろけそう……

女性器の気持ちよさを直に感じ取り、絶え間ない快感に襲われ、恍惚となる。

ぐちゅぐちゅっ、と結合部から蜜が飛び散った。

「龍之介さん、わ、わたしっ、もうっ……」

もう少しなのか、無我夢中で雄棒を擦りつけている彼女は、たとえようもなく魅力的だった。

本能に忠実な雌というのは、雄からすれば格段に美しく見えるのかもしれない。

彼女は膝に力を入れて浮き沈みしつつ、カウボーイみたいに腰を激しく前後させた。

ぷるん、ぷるん、と二つの乳房が勢いよく弾み、見ているだけで限界まで情欲を煽られる。

う……わ……エッロ……。こ、これは長くは持たないぞ……

それは、めちゃくちゃドキドキするのに、鳥肌が立つほど気持ちよくて、雄棒を硬く強張らせながら、甘美な拷問に耐えた。

根元から先端まで、とろとろの濡れ襞で攻められまくり、抗いようもなく射精感がせり上がる……

「りゅ、龍之介さんっ……」

彼女が悲鳴に近い声を上げた。

あ、茜音、俺ももうっ……

彼女が腰を痙攣させると同時に、丸い尻を掴んでぐっと引き寄せる。

より深く挿し込み、柔らかい子宮口を押し上げながら、熱いものが尿道を走り抜けた。

「んんっ、くっ……」

一気に勢いよく精が放たれる。

待ち望んでいた解放の瞬間、快感の鞭に強く打たれ、わなわなと震えが止まらなかった。

ぐっ……き、気持ちいい……

あまりのよさに、全身が痺れきってしまい、しばらくの間声も出せない。

こうして、彼女に乗られて精を搾り取られるのは、極上の愉悦だった。

これから先、何度でもこうしたい。

乱れた息を整え、彼女が赤面して小さくつぶやいた。

「あの、いっぱい……」

出ましたね、と言うのは恥ずかしいんだろうか。

「うん。君が相手だと……」

素直に負けを認めると、彼女はうれしそうに微笑む。

「すぐに、できそうですね」

「うん。大家族、いいね。君の言うように、たくさんの子供に囲まれて、てんやわんやの日々を過ごしたいよ」

すると、彼女は美しいまつ毛を伏せ、唇を落としてきた。

幼い子供にするようなキスに、心がほっと安らぐ。

こういう、穏やかな関係もいいなと実感した。男女の色恋を意識したセックスは刺激的だが、こうやってお互いの傷をそっと癒し合うような、小さく満ち足りた関係もいい。

閉じられた、狭い空間でいいんだ。自分と彼女と子供たちだけが安らげる、小さく、強固な、安全地帯を築き上げたい。

もしかしたら、俺はその場所でだけ、本来の俺に戻れるのかもしれない。

ガキで、臆病で、弱いけど、人間が大好きで無心になにかを信じていた、かつての俺に……

「龍之介さん、大好き……」

彼女は何度もそうささやいてくれる。慈愛と憐れみと、少しの哀しさを湛えた瞳で……

その瞳を見つめていたら、圧し掛かっていた重石が外れ、心が初めて丸裸になれた感じがした。

心がすーっと軽くなり、自由になった気がしたのだ。

そうだね。俺は人間の暗部を見続けてきた。伊生京香だけじゃない。俺の足を引っ張り、おとしめてやろうとする輩は他にも無数に……それこそ亡者の群れのように存在したから。

そんな奴らに追い回され、振り払っては殴り返し、踏みにじっているうちに、いつの間にか俺も奴らと同類になってしまったのかもしれない。

だが、それは仕方ないことだ。誰もがとおる道だし、純粋で健全なままでいられるわけじゃない。

世間が言う「大人になる」ってのは、そういうことだと理解している。そうやって汚れて傷ついて、自らを捧げながら、この世界は回っていくのだから。

ただ、いつの日からか、よくわからなくなってしまったんだ。俺は本当はなにがしたいのか？なにが欲しくて、なんのためにこんなに頑張っているのか……

今になって、ようやくわかった気がした。

俺は子供が欲しかったわけじゃない。結婚とか、後継者とか、本当はどうでもよかった。

ただ、愛したかったんだ。

上っ面だけじゃない。世間体や生活のためじゃない。

適齢期だからとか、立場上仕方なくとか、そういうんじゃなくて。

本当は、本気で、心から誰かを愛したかった。

俺の魂をかけて、俺の存在をかけて、たった一人の誰かを……

「君に会えてよかった。自分のことも、よく知れたし」

そうつぶやくと、彼女は至近距離で「ん？」と、くりくりした目を開く。

そのおどけた様子がすごく可愛らしくて、楽しい気分になる。

すると、彼女は人差し指で、ぷにっと頬を押してきた。

「龍之介さんの笑顔、めちゃめちゃ素敵。大好き」

「そう？　そんな風に褒められるのは、まんざらでもないな」

すると、彼女はふふっといたずらっぽく笑って、こう言った。

「これからもっともっと、笑わせてあげるね」

答えの代わりに彼女を真似(まね)し、鼻先にチュッとキスを返す。

この先にある、明るい未来が待ちきれず、彼女をぎゅっと抱きしめた。

――結婚式、したいんだろ？　君の好きにしていいよ。
ある夜、龍之介はそう言ってくれた。
「本当？」と茜音はうれしさに舞い上がる。
そりゃあ、茜音だって腐っても女子だった。綺麗な衣装に身を包み、最愛の彼と二人で、家族や友だちに祝福されながら愛を誓うのは、女性にとって無上の幸福であり、永遠の憧れだ。

出産を契約した当初はすべてをあきらめていたし、どこか投げやりだったけど、本当はちゃんと恋愛して結婚して出産したかった。もし叶うなら、龍之介と二人でちゃんと式を挙げたい。

——それこそ、ハワイだろうがパリだろうが、カトマンズだろうがカサブランカだろうが、世界中どこでも、どんな挙式スタイルでも、君の夢を叶えてあげるよ。

そう言われたとき、思わず彼に飛びついていた。

「世界中どこでも、どんな挙式スタイルでも」なんて言える男性、それこそ、世界中探し回ったって彼ぐらいしかいない。しかも口先だけでなく、そのすべてを完璧に実現できる、力も兼ね備えていた。

はあぁ……。私の旦那様って、素敵すぎない？　この人生で、こんなにカッコイイセリフ、言われると思わなかったぁ……

それだけでもう、世界中を旅して素晴らしい式を挙げたあとのような気持ちだ。

式場選びに悩むのはとても楽しかった。

それはどこか、皆のために盛り上がるパーティーを企画するのに似ている。

結婚準備アプリをインストールし、専属のアドバイザーについてもらい、週末は龍之介のマンションで一緒に動画を観たり、情報サイトを見たり、二人でじゃれ合いながら吟味した。

二人の新居は、自由が丘にある龍之介の所有する新築の一戸建てに決まった。

契約出産を決めたとき、彼は生まれる子供のために買っておいたのだという。

たしかに、緑がいっぱいある庭付きの、広々した戸建てのほうがのびのび子育てできそうだし、オフィスへ通うのにも問題はなかった。

――結婚式も、新婚旅行も、引っ越しも、君はなにも心配しなくていい。希望さえ出してくれれば、俺が全部組み立てて実現するから。

頭をポンポンとされながらそう言われ、内心悶絶しそうだった。

くぅぅ、頼りになるなぁ。もう、頼もしいよ……。頼もしすぎるんだよ～！

式場を選び、新居を選び、お互いの家族に紹介し、プレス発表はどうしようとか、新居の寝室はどこにしようとか、二人であれこれ話し合い、時計の針はゆっくりと進んでいく。結婚の準備をとおし、二人で喧嘩したり和解したりしながら、彼をより深く知っていくのは素敵なことで、彼からもより深く知ってもらえる気がした。

だんだん冬は深まり、街はきらびやかなイルミネーションに彩られ、クリスマスを迎える。

その夜、茜音は龍之介とともに、銀座にある高級ジュエラーの特別ルームにいた。

ここは世界五大ジュエラーの一つに数えられ、二十世紀初頭にニューヨークで創業された、女性に大人気のハイブランドだ。

奥まったところにある個室はほのかにアロマが漂い、贅が凝らされたシャンデリアの下には、シックな内装の落ち着いた空間が広がっていた。座り心地が最高のソファに二人は座り、繊細なグラスに入ったシャンパンとチョコレートが振る舞われ、テーブルにはまばゆいダイヤモンドリングがずらりと並べられている。

「はあぁ……。もう、素晴らしく綺麗ね。形容する言葉が見つからない。ため息が止まらないや……」

茜音は文字どおり瞳を輝かせながら言った。

2カラットを超えるダイヤモンドたちが、キラキラと強く光を反射するのだ。

「まあ、式も慎ましいものに決まったし、せめて指輪ぐらい贅沢したら？　どれでも、好きなものを選ぶといいよ」

龍之介は優雅に足を組み、なんでもなさそうに言ってのけた。

テーブルを挟んで座る担当の女性は、穏やかな微笑で見守っている。下手に売り込んだりせず、必要なときに的確な説明をし、言葉遣いは丁寧だけど嫌味はなく、まさにパーフェクトな接客だった。

もちろん、このＶＩＰ待遇は龍之介のご威光によるものだ。

さらに閉店後、二人きりで自由にプライベートショッピングを楽しめる段取りになっていた。

たぶんこれさ……百万とか、二百万じゃ済まないよね？　桁が違うよね……？

「あの、これって……値段は？」

茜音は恐る恐る問う。値段というのは選ぶときの重要な要素なのに、値札がついていない。

「あー、値段は全部伏せて。彼女に開示しないで」

龍之介はさっと手をかざし、担当の女性に向けて言った。

「開示しないって、そんな……」

茜音が不服を申し立てようとしたら、龍之介は当然とばかりに言う。

「だからさ、値段は気にせず好きなの選びなよ。センスオンリーで」

「センスだけで？」

うっはー、すごい！　センスだけで選べとか、カッコよすぎ……

それでも、庶民派根性が根強いせいか、うーん、と考え込みそうになる。

……ま、いっか。彼がいいって言ってくれてるんだし。ここで突っぱねるから、可愛くないって言われるんだし……

「うん。じゃあ、お言葉に甘えるね？　どれにしようかなぁ～」

気を取り直し、ウキウキと選びはじめると、龍之介はうれしそうに微笑んだ。

「いいね、そういうの。素直で、可愛いよ。好きだ」

何気ない一言に、ドキッとする。

熱っぽい彼の視線に、少し体温が上がった。

普段から彼は惜しみなく「可愛い」「好きだ」と言ってくれる。

そのたびに、自分は女性なんだと意識させられ、本当に可愛くなれる気がした。

それから、時間を掛けてエンゲージリングとマリッジリングを選んだ。閉店後は貸し切りの贅沢な時間を堪能し、ジュエラーの思想や歴史を知ることができ、茜音はますますこのブランドのファンになり、龍之介がさらにネックレスとピアスまでプレゼントしてくれた。

豪華絢爛なジュエリーにすっかり魅せられ、店を出たときにはもう二十一時になっていた。

「うわぁ……初雪！　ホワイトクリスマスだね」

雪のちらつく夜空を見上げ、歓声を上げる。冷気が頬を刺し、白い息が砕けて消えた。

龍之介は寒そうにコートの襟を合わせる。

「ニューヨークの五番街にある、本店のほうに行ってもよかったんだが。イルミネーションが綺麗だし」

「そう？　銀座だって綺麗じゃない。ニューヨークは寒いよ？　家は近いし、すぐに来られるし、私は銀座、好きだな」

「店を出たあと、駐車場まで歩かなきゃいけないのは億劫」

「いいじゃない。せっかくのクリスマスなんだし、イルミネーション見ながら散歩しようよ」

「なんだか、学生みたいだな……」

ぶつぶつ言う龍之介の手を握ると、彼はちゃんと握り返してきた。

それこそ、学生カップルみたいに、仲良く手を繋いでぶらぶら歩く。

雪は少しちらつく程度で、傘はいらなかった。

「やっぱり、海外に自宅を移してもよかったんじゃないか？　子育てするなら、ホノルルとかトロントとか、治安のいいシンガポールにも拠点はあるし……」

たしかに、海外に移住するという選択肢も有り得た。

伊生京香の事件以来、彼は海外移住のために土地を買い、移住の準備をしていたらしい。

「あなたの気持ちはどうなの？　本当のところは、怖い？」

「いや、俺は前も言ったが、君の希望に百パーセント合わせたい。奴がいるからって海外逃亡するのは、どうかと思う。それが本心だよ」

「そっか。なら、日本がいいな。いろいろ問題も多い国だけど、なんて言えばいいのかな……」

　このとき、母親の顔が脳裏（のうり）をよぎる。東京の下町で独り暮らしをしている母親は、茜音から結婚の報告を聞いて狂喜し、実家へ挨拶に来た龍之介を見て、『イケメンすぎる！』とさらに驚いていた。祖母をはじめ、普段は疎遠（そえん）な叔父や叔母、いとこたちも同様に祝福してくれた。

　安藤朝美も友人たちも、のぞみや従業員たちも、心から結婚を喜んでくれた。

　結婚の準備を進めていく上で関わった、プランナーやスタイリスト、さまざまな業者や先ほどのジュエラーも含め、とても心のこもった対応をしてくれ、自分という存在が大勢の人たちに支えられているんだと実感した。

　一人一人の小さな営みが、網の目のように張り巡（めぐ）らされ、それがセーフティーネットのように自分を守ってくれている……そんなことに今さら気づき、感動さえ覚えたのだ。

「やっぱり、私、日本が好き。生まれ育ったのもあるし、ランジェリーの仕事も楽しいし、私はこの小さな日本で、社会に馴染んで生きていきたいから」

「そうか。君が日本でいいなら、日本がいい」

「うん。なんだろ……。ちょっと恩返しみたいなのを、したいのかも。日本の社会に」

「日本の社会に？　なんで？」

「私を幸せにしてくれたから」

するとー彼はおかしそうに笑って「君らしいね」と言う。

そして、自らのマフラーを外し、ふわりと茜音の首に巻いてくれた。

「……冷えるだろ」

さりげない優しさに、うれしさが込み上げる。

カシミアの滑らかな肌触りとぬくもりに、ホッとした。

「うん、ありがと。あったかい……」

彼は繋いでいた茜音の手を、コートのポケットに導き入れた。ポケットは大きくて温かく、そこでお互いの指と指を交互に組み合い、よりしっかりと握られる。

……あ。こういうの、なんて言うんだっけ？　恋人繋ぎ？

うふふ、とほくそ笑んでしまう。

一見、クールに見える彼だけど、実はスキンシップが大好きだった。手を繋ぐのみならず、なにかにつけては腰を抱き、肩を抱き、腕を組み、頭頂部にそっとキスしたり、髪の毛先に触れてみたり、横髪を耳に掛けてくれたり、うなじや首筋にもよく触れてくる。

一度、聞いたことがあった。あなたってスキンシップが好きなの？　と。

すると、彼は少し頬を染め、はにかみながら答えた。

――いや、スキンシップなんてしたことなかったし、君だけだよ。俺、どうやら、君に触るのが好きみたい。なんか変態っぽいけど……

なら、私も、変態の男性が好きなのかも。それも変態っぽいけど……

さりげなく触れられるたび、密かにドキドキし、初恋みたいな気分だった。

彼の触れかたはすごく優しく、まるで大切な宝物を扱っているようで、「好きだ」という気持ちが伝わってくる。こんな目の覚めるようなイケメンに、ここまで丁寧に扱われる自分って……と、超イイ女になった気分を味わえた。

「ああっ！　ほら、見て見て。クリスマスツリーだよ！」

思わずそちらへ方向を変え、一人で駆けだす。

とある商業ビルの広場にそびえ立つそれは、高さ十数メートルはあるだろうか。

ピカピカのクリスタルのような筐体で、とんがった三角形の先端に白い星を戴き、魚が泳ぐような幻想的な映像がきらびやかに流れている。

「うわあぁ……。ほんっとに綺麗だね！　素敵……」

あまりの美しさに、胸がいっぱいになった。

ツリーにはぐるぐると光の粒を模した電飾が巻きつき、次は火山のマグマのような赤へ、その次は爽やかな森のようなグリーンへと、刻一刻と鮮やかな色が移り変わり、息を呑むような光景だった。

こんな素晴らしいものを作り出せる、人間という存在に感動し、それをこうして眺めることができることに、感謝したい気持ちになる。

今ちょうど人気はなく、この場にいるのは二人きりで、龍之介も黙ってツリーを見上げていた。

あまり感情を表に出さない人だけど、彼なりに感じ入っている様子だ。

「私ね、子供の頃、クリスマスが大好きだったの。パパとママと三人でパーティーして、夜にサンタさん待って、すごく楽しかった」

「うん」

「けど、いつからか、だんだん好きじゃなくなってた。ほら、仕事するようになると、クリスマスって提供する側に回るじゃない？　お客さんを楽しませる側、って言えばいいのかな。それもそれなりに好きだけど、もう、私自身がクリスマスを楽しむことはないのかなって、ちょっとあきらめてた」

「わかるよ。そういうの」

「クリスマスは売り上げが大幅に伸びる、大忙しのセール期間。いつの間にかそんな認識になっちゃってた。寂しいよね、そういうの」

「仕方ないよ。大人になれば、誰しもそういうもんだ」

えへへっ、と自嘲的な笑いが漏れる。

「うん。けどね……今年のクリスマスは、幸せだなって。あなたと一緒に過ごせて、よかった」

振り返れば、歴代のクリスマスは仕事の思い出しかない。

顧客のために従業員のためにと、なにかに急かされるように走り続けてきた。

少しヤケになっていた自分に、神様が慈悲を掛けてくれたのかもしれない。

そんな奇跡を信じさせてくれる、夢のような夜だった。

「私、またクリスマスを好きになれたよ。……ありがとう」

見ると、龍之介の姿が忽然と消えている。

あれっ？　と慌てて見回すと、すぐそこで彼はアスファルトにひざまずいていた。

「えっ……？」

恭しく差し出された彼の手には、先ほど買ったエンゲージリングが光っている。

「ごめん。ちゃんと言おうと思ったんだけど、なかなかチャンスがなくて」

彼はすまなそうに言った。

虚を衝かれてしまい、立ち尽くすことしかできない。

彼はすっと息を吸い、こちらをまっすぐ見上げて言った。

「茜音。これから毎年、二人でクリスマスを祝おう。白髪のおじいちゃんおばあちゃんになっても、一緒ににぎやかに楽しく暮らそう。君となら、そうなれる気がするんだ」

「龍之介さん……」

「君を愛してる。生涯、君の傍にいると誓うよ。だから、俺と結婚してください」

彼は少し泣き出しそうな顔をしていた。

偶然にもそのとき、クリスマスツリーが純白に変わって強い輝きを放ち、ひざまずく彼と立ち尽くす茜音の影が伸びる。それはまるで、二人の前途を祝福しているようだった。

真摯な気持ちに心打たれ、大きくうなずく。とっさに言葉が出ず、何度も何度もうなずいた。

「……うん。うん、もちろん、あなたと結婚します。皺くちゃのおばあちゃんになっても、絶対あなたを笑わせてやるんだから」

すると、彼は声を上げて笑い、茜音も笑いながらリングを薬指にはめる。

笑って誤魔化しながら、涙腺が熱くなっていた。純粋にうれしかったのだ。こんなに素敵なプロポーズで、この人生に忘れられない思い出を刻んでくれた、彼の優しさが。

「少し、陳腐だった？」

二人で腕を組み、歩き出しながら、彼はささやく。

「ううん、そんなことない。すっごい、素敵だったよ」

「ツリー、色変わったね。偶然だろうけど」

「ううん。偶然じゃないよ、たぶん」

彼はそのことについて考えている様子だった。

そんな彼に呼びかけると、かがむように頭を下げた彼の耳に、口を寄せる。

「龍之介さん、大好き。私も、愛してる」

そうささやくと、彼はわかってるよと言わんばかりに微笑んだ。

「そうだ。君に一つ言わなきゃと思ってたんだ」

「なに？」

「今度、ランジェリーの新作をお披露目するときは、休日の前夜にしてくれ。翌日がキツイから」

「もおお、なにそれ？　今、そんなこと言う？」

二人でケラケラ笑い合い、ますます楽しい気分が加速する。

イルミネーションは綺麗で、この世界はとても美しくて、クリスマスも彼も大好きで、この上なく幸せだった。

「寒いから、帰ろうか」

優しく彼に肩を抱かれ、満ち足りた気持ちでうなずく。

「茜音、メリークリスマス」

「メリークリスマス。龍之介さん」

◇

「茜音さん、ご結婚、おめでとうございまーす！」

一張羅(いっちょうら)らしきドレスを着込んだ大原のぞみが、彼氏をしたがえて現れる。

神前式が無事終わり、これから披露宴会場に向かうゲスト一人一人に、新郎新婦が挨拶をしている最中だった。

「のぞみちゃん、今日は来てくださって、ありがとう。彼氏さんもありがとうね。わー、プレゼントまで……」

のぞみが差し出したプレゼントを、茜音は受け取る。

四月下旬。新しいスタートの季節であるとともに、辺りは新緑の爽やかな香りに包まれ、抜けるような青空の下、茜音と龍之介は式を挙げた。

場所は都内の由緒あるホテルで、菱橋家と桐ケ崎家の親族と友人が参列した。

このあとの披露宴は二人の仕事関係者、友人知人を多く招き、より盛大なものとなる。

「もおおお、ほんっと素敵でした！　茜音さんの白無垢姿、しっとりして美しくて、めっっちゃお似合いでした！」

興奮気味にまくしたてるのぞみの、相変わらずな感じに笑ってしまう。

「またまたのぞみちゃん、大げさな……」

「ほら少し前に茜音さん、ハワイでリゾ婚がいいって言ってたじゃないですか。けど、神前式でよかったですよ。私は俄然、神前式派になりました！」

たしかに当初、ホノルルで挙式しようと思っていた。しかし、海外だとなにかあったとき危険だし、長時間のフライトはダメだと、心配性の龍之介に反対されたのだ。

「んー、リゾ婚に憧れてたのは事実なんだけど。ちょっとね……理由がありまして」

「え？　理由？」

のぞみは数秒、訝しげな顔をする。

しかし、すぐに興味は失せたのか、ちょいちょいと袖を引いてきた。

「ちょっとちょっと茜音さんっ……！」

ナイショ話ができるように、なになに？　と耳を傾ける。

「旦那さま、めーちゃーめーちゃー和装、凛々しくないですか？　近来まれにみる、イケダンじゃないですか？　どうしてくれるんですか？」

小声で責め立てられ、ふむふむと隣の新郎、龍之介をチラリと見る。

彼は親せきの老夫婦を相手に、にこやかに対応していた。たしかに、キリッとした紋付き袴は、驚くほど彼の気品を引き立て、いつもに増してはるかに男前に見えた。

「うーん、別に顔で選んだワケじゃないんだけど……。新婦の私が言うのもアレだけど、たしかにイケメンだわ」

「もおお、許せん！　茜音さん、許せませんよ！」

のぞみがポカポカ殴る素振りをし、あははと笑ってしまう。

「まあまあ。それより二人とも、今日はゆっくり楽しんでいってね。式がちょっと堅苦しかったし、披露宴はカジュアルな雰囲気にしたから」

「はいっ！　もう、超楽しみです。先週から断酒してますし、朝ご飯は抜いてきました。茜音さんチョイスのフレンチ、絶対美味しくないわけないし、メニュー聞いただけでテンションぶち上がってます」

「ぜひブチ上がってね！　ワインも相当吟味したから、のぞみちゃんも気に入ると思う」

「やったー！　じゃあ、またあとで」

のぞみは彼氏を引き連れ、騒々しい余韻を残して去っていく。

次に茜音の前に立ったのは、安藤朝美だった。

襟ぐりの開いたシックなバーガンディのドレスは、ショートヘアの朝美にぴったりだ。

「茜音、結婚おめでとう。白無垢、すっごく綺麗！」

「ありがとう！　来てくれて、うれしい〜！」

二人は衣装を崩さないように、抱き合う素振りをする。

横を見ると、すでに朝美の夫は龍之介と話し込んでいた。

「今日は、むっちゃんと守くんは？」

そう聞くと、朝美は「実家に置いてきた」と微笑む。

むっちゃんと守くんというのは、朝美の産み落とした三歳の娘と五歳の息子のことだった。

「私はね、こんな日が来るような気がしていたのよ。菱橋君と茜音、朝美的マッチング診断の結果、相性抜群だったもの」

「ありがとう。素敵なご縁を頂いたのも、朝美先輩のおかげです」

「うむ。キューピッドになった私を崇め奉りたまえ。あ、そうそう」

朝美はスマートフォンを取り出してみせた。

「ねぇ、茜音。菱橋君の結婚のご報告読んだ？　フォトスタで発信してたやつ」

「えええ？　全然知らない。フォトスタ？　彼、私に内緒でそんなことしてたの？」

「してるしてる。バズッてるバズッてる。読んでみなよ！　ほら」

あんなにメディアやマスコミを嫌う人が、フォトスタで発信……？

半信半疑ながら、朝美の見せてきたスマートフォンをのぞき込んだ。

ちょうど三日前の日付で、たしかに龍之介のアカウントから投稿されている。

私事で恐縮ではございますが、このたび私、菱橋龍之介はボニーズスタイルの代表である桐ケ崎茜音さんと、結婚する運びとなりました。

出会ってから約一年の交際期間を経て、彼女の前向きな明るさや、人を信じる心に触れ彼女を深く愛するようになりました。

皆様もご存じのとおり、これまでの私は衆目（しゅうもく）を恐れ、メディアを嫌い、マスコミを避け社会に向けて自ら情報を発信することを、一切拒否する生きかたをして参りました。

それはどこか、経営さえしていればいいというおごりと、私が臆病者であるがゆえの人間不信、社会不信があったのではないかと、今は顧（かえり）みております。

恥ずかしながら、初めて人を愛する心を知り、彼女との交際や結婚の準備をとおし自分という存在が、大勢の人たちに支えられているのだと、心から実感いたしました。

ユーザー様のみならず、取引先の皆様、従業員の皆様、関係者の皆様、そしてこれを読んでくださっているすべての皆様へ、改めて深く感謝申し上げます。

そして、感謝を述べるのが遅くなったことを、どうかお許しください。

今後もＳｏｕｆｆｙジャパンのＣＥＯとして、満足度の高いサービスを提供するとともにボランティアやフェアトレードといった、社会福祉にも力を入れていくつもりです。

私に無上の幸福を授けてくれたこの社会を、今度は私のほうが愛し、人を信じ精いっぱい恩返ししていきたいと思います。

そして、こんな気持ちを教えてくれた彼女を、生涯大切にするつもりです。

まだまだ未熟な二人ではございますが、今後ともご指導、ご鞭撻（べんたつ）のほど
よろしくお願い申し上げます。

菱橋龍之介

「ね？　すっごくいい文章でしょ？　これ読んだとき、ちょっと感動しちゃった」

朝美は本当に目を潤ませて言う。

すべてを読み終え、ああ、これは素直な彼の本心だな、とわかった。

あんなに人間を恐れ、本音を語ることを拒否していたかつての彼を思うと、驚くべきことだ。

「ねぇ。あんなに冷たかった菱橋君を変えたのは、茜音だったんだね！」

しみじみした感動のようなものが押し寄せ、胸がいっぱいになった。

もう一度読み直し、さらにもう一度読み直す。

その文章には、社会へ向けた彼なりの優しさや、生きる覚悟がにじみ出ていた。

たぶん、彼も闘いはじめたのかなと思う。

あの夜、初台のマンションの地下駐車場でお互いの気持ちを確認した夜、『俺も一緒に闘いたい』と彼は言った。ちゃんと彼はあの夜を憶えていて、こうして形にしてくれたのだ。

とても心強い気持ちになった。これまでの自分の非を認め、生きかたを改めようと努力する、誠実で素敵な男性が自分の夫になるのだ。

「ありがとう、朝美。これを読めて、よかった」

「うんうん。茜音、幸せになってね」

それから、ひととおりゲストたちへ挨拶を終え、タイミングを見計らって龍之介に声を掛けた。

「ねぇ、フォトスタ、読んだよ。ＳＮＳとかやらないと思ってたから、意外だった」

彼は恥ずかしそうに、人差し指で鼻先をポリポリ掻いて言う。

「どうしても、皆に御礼を言いたかったんだ。マスコミの人たちも、ああいうテキストがあったほうが、手っ取り早いだろうし。……変だった？」

ううん、と首を横に振った。

「とっても素敵だったよ。あなたのこと、ますます好きになった」

すると彼は、メガネの奥の目をうれしそうに細める。

「正々堂々と本音を話してみたくなったんだ。大衆にも、社会にも、誰に対しても。君のおかげだよ」

「そんな、私なんてなんにもしてないよ」

おどけて肩をすくめると、彼はすっと真顔になった。

こちらを見つめる眼差しがやけに真剣で、言葉を失う。

「……綺麗だ」

美声が耳に入り、ドキン、と鼓動が跳ねた。

油断した隙に、おとがいを指で押し上げられ、唇に素早くキスされる。

「ちょ、ちょっと、ダメ！　メイクが崩れちゃうっ……」

おろおろと手鏡を探すと、彼はイタズラっぽく笑って歩き出す。

そのあとの披露宴も、終始なごやかな雰囲気で、思い出深いものになった。

ゲストたちの心のこもった祝辞に耳を傾けながら、こうして彼と二人、祝福される幸せをしみじみと噛みしめる。隣の龍之介も、かつての同級生にからかわれたり、銀行時代の上司にひやかされたりして、はにかみながらも弾けるような笑顔を見せていた。

今が明るくて幸せで、楽しければ楽しいほど、暗い部分に思いを馳せずにはいられない。

まだ、脅威が去ったわけじゃなかった。伊生京香はいつか戻ってくるし、彼女だけではなく、この世に暗いチカラというのはいろんな形で蔓延しているから。

……けど。

強い光のある場所に、必ず影ができるのだとしたら。

そうやって、この世界は帳尻を合わせ、回っているのだとしたら。

この先、強い光を放つ龍之介と二人、暗い部分を引き取ることになっても、きっと答えは見つかるはずだ。すべてが調和し、うまく解決する方法が、いつかきっと。

彼を深く愛し、これから増える家族も愛し抜くことによって、答えに辿り着ける気がする。

「さて、ここで皆様に、サプライズ発表がございます！」

マイクの前に立った司会者が、ひときわ声を張り上げる。

ゲストたちは静かになり、一斉に司会者を見つめた。

「新婦、茜音さんのお腹の中には、小さな命が宿っています。五か月だそうですよ～！」

とたんに、ワアッと歓声が上がり、温かい拍手が湧き起こる。

ギョロリと目玉を剥(む)き、オーバーリアクションを取るのぞみが目に入り、プッと噴き出さずにはいられなかった。

「母子ともに経過は順調だそうです。出産予定日は……」

賑やかな歓声とともに、司会者の声は続いていく。

このとき、龍之介と目が合い、幸せな気持ちでうなずき合った。

それから、約二年後……

寝ぼけまなこでダイニングルームに足を踏み入れた茜音は、思わず声を上げた。

「おはよう。わおー、豪華な朝ごはん！」

ダイニングテーブルには、焼き立てのベーグルにスクランブルエッグ、グリルした野菜とベーコン、トマトサラダにコーンスープ、新鮮なフルーツとヨーグルトが用意されている。挽き立てのコーヒーの香ばしい匂いが漂い、上品な食器とカトラリーでコーディネイトされたそれは、まるでちょっといいホテルの朝食メニューのようだ。

「ま、俺にかかればこれぐらい、どうってことないな。才能がありすぎて、なにをやってもプロ級になってしまう……」

クマのキャラクターが描かれたエプロンをした龍之介は、スッと右腕を前方へ伸ばし、剣のようにかざした。

……握っているのは、おたまだけど。

「美優(みゆ)は？　昨晩、夜泣きしなかった？」

いそいそと着替えながら茜音が問うと、龍之介は歩み寄ってきて答えた。

「大丈夫。みーちゃんはパパを困らせず、ぐっすり眠ってたよ。今朝はお目覚めもご機嫌だ」

「ありがとう。パパのおかげで私も、ゆっくり眠れたから」

龍之介からのキスを頬に受け、茜音もキスを返す。

基本は美優を挟んで三人一緒に寝るけど、たまに龍之介一人だけで寝る日と、茜音一人だけで寝る日を設けていた。そうするだけで、お互い楽に体力の回復を図れる。

見ると、美優はニコニコとベビーチェアに座り、スプーンで離乳食をぐちゃぐちゃにしているところだった。

「うわー、エライことになってる。こんなにこぼして、床もベタベタだわ……」

「いつものことだよ。あ、俺がやっておくからいいよ。君は早く準備したほうがいい」

「ありがとう。ほんと、助かる」

美優を出産後も、茜音は仕事を続けていた。

ボニーズスタイルの業績は順調で、事業の拡大に日夜茜音は奔走(ほんそう)し、忙しくやっている。

いっぽう、龍之介は仕事も自由がきく上に、経営を少しずつ後進に譲り、在宅での執務を増やしていた。結婚してからも、彼は常にエネルギッシュで、ものすごく活動的に子育てをしている。

――こういうのって、今しかできないだろ？　俺のほうはちょうど仕事も落ち着いているし、美優となるべく一緒に過ごしたいんだ。

というのが、龍之介の主張だった。

二人が忙しいときは、雇いのシッターやハウスキーパーに頼るときもあるけど、意外とその機会は少ない。二人の間では「なるべく無理せず、キツいときはお互い助け合う」という暗黙の了解があり、バランスよく分担できていた。

「前半はスプーンの練習をさせて、後半は俺が食べさせるんだ。今、後半分は作成中……」

龍之介は歌うように言い、ミキサーのスイッチを入れる。

野菜をミックスした離乳食が、けたたましい音を立てて混ざりはじめた。

「ええと、オムツは替えた？」

「替えた替えた。どっしりと重いオムツだったよ。それより、俺が送っていかなくて大丈夫？」

「大丈夫、ありがと。もおお、ほんとにあなたが優秀で、結婚してよかった」

龍之介は、デレデレしながら美優のぷっくりした頬をつつく。

茜音はダイニングチェアに座り、さっそく食べはじめた。

「いただきまーす。んんん、このベーグル、めちゃめちゃ美味しい！」

「だろ？　知り合いに勧められて、お取り寄せしてみたんだ」

結婚前は予想できなかったけど、龍之介は驚くほど美優の面倒をよく見てくれる。

茜音が忙しいときは、こうして食事も作ってくれるし、洗濯も掃除も洗い物もしてくれるし、区の自治会の雑務までこなした上に、美優を食べさせ着替えさせ遊ばせ、お風呂に入れては寝かしつけてくれた。

まさに、なんでもしてくれる、奇跡のスーパー旦那様！

「ぎゃーっ！　ママ、助けてくれ！　みーちゃんが、リバースしてる……」

ゲロゲロと吐き出す美優を見て、龍之介は悲鳴を上げた。

「ママ、助けて！　どうしよう？　どうすれば……」

「落ち着いて！　全然大丈夫だから。こんなの、よくあることよ。いちいち動じない」

とっさに席を立ち、彼を制する。

美優はキャッキャッと笑いながら、ドロドロになったテーブルを叩いていた。

「ほら、ご機嫌でしょ？　遊んでるだけだから、大丈夫よ」

そう言うと、彼ははーっとため息を吐く。

「あー、びっくりした。なんかの病気かと思って焦った。ママがいないとダメだな……」

スーパー旦那様……とまではいかないけど、それでも充分頼りになった。

画面の向こうに、年配の重役たちがズラリと並ぶ中、抱っこ紐で美優を抱きながら、キリッとオンライン会議をしている彼は、惚れ直してしまう。少しコミカルだったけど。

常に彼が守ってくれているという、大きな安心感がある。この先、二人目も三人目も作って、大家族になっても大丈夫と思えた。結婚前に、そう約束していたし。

もちろん、小さな不安は数え上げたらキリがない。美優の健康は常に心配だし、相変わらず仕事は胃痛イベントが多く、今のところ伊生京香に動きはないけど、この世を生きる限り、いつなにが起きるかわからないのだ。

——伊生京香のことを憎んだり、恨んだりしないよ。

つい先日、美優を寝かしつけたあと、二人きりの時間に龍之介はそう言った。

——まったく怖くないと言えば、嘘になるが。美優が生まれてさ、初めてパパになって……考えるようになった。誰にも、どんな人間にも、自分を大切に思う両親や、祖父母や、友人や恋人がいるんだろうなってさ……

実は、茜音もまったく同じことを考えていた。

どれほど間違っていて、唾棄すべき人間がいたとしても、いつ自分の娘が同じ境遇になるかわからない。誰かの人生を否定するとき、美優の未来も否定している気持ちになるのだ。

それこそ、無数の可能性が美優を待ち受けているのだから。

——だからって、解決策が見つかったワケじゃないんだが……。奴のことを憎んだり恨んだりするのは違う、ということだけはわかるんだ。

茜音も解決策を見つけたわけじゃない。京香が逮捕される前と、状況はなんら変わらない。

けど、毎日やることがいっぱいで、暗いことを考える暇もなく、楽しく充実していた。

目に見えてわかる美優の成長は喜びで、龍之介からひたむきな愛情を向けられ、母や義母や親族の大きな支えもあり、きっと今が最高だと思う。

いつも、家の中は騒々しく、笑い声に満ちていた。

他人の人生に心乱すことなく、家族と自分のことだけに集中し、日々を精いっぱい生きたい。

それを一日ずつ、丁寧に積み重ね、三人で幸せな未来に向かっていきたい。

それが、正直な今の気持ちのすべてだった。

「いってらっしゃい、ママ。今夜のディナーも期待しててくれよな」

美優を抱っこした龍之介が、玄関まで見送りに来てくれる。

「うん。今日は早めに帰るね。このプロジェクトが落ち着いたら、私も子育てに参戦するから」

茜音はパンプスを履きながら言った。

「無理するなよ。俺がいるから、安心して頼って欲しい」

「ありがとう、パパ！」

「俺のほうこそ、いつもありがとう」

心のこもった彼の声に、うれしい気持ちになる。

彼にそっと頬を撫でられ、美優を間に挟み、二人は唇を重ねた。

「愛してるよ、ママ」

熱っぽく言われ、ドキッとしてしまう。

もう結婚して数年経つのに、彼の色気は衰えを知らず、大人の男性フェロモンをますます放っていた。

「あ、わ、私も愛してる……」

頬が熱くなりながら、そう告げる。

意味深に口角を上げる彼は、今夜の熱い情事を予感させた。

彼との結婚生活は、ほっと安心したり、ドキドキしたり、めまぐるしく色鮮やかだ。

彼は有能なＣＥＯであり、夫であり、パパであり、茜音にとっては永遠に憧れの男性だった。

たぶん、今も彼に恋してるんだと思う。

けど、このことは彼には内緒かな。

「ママァ……」

美優が小さな手を差し出し、無邪気に見上げてくる。

くりくりした瞳も、ぷっくりした頬も、筆舌（ひつぜつ）に尽くしがたい可愛さで、堪らなくなった。

「んー、もおおおっ！　美優！　ママに似て、超可愛いいいい！」

ぷにぷに頬っぺにキスの雨を降らせると、龍之介が不満の声を上げる。

「みーちゃんはパパ似だよな？　なあ？」

キョトンとした美優は、二人に見つめられているのがわかると、うれしそうに笑った。

美優への愛おしさが溢れ出し、龍之介と一緒にいつまでもこうしていたい。

この二人を守るためなら、いくらだって頑張れる。どこまでも、強くなれる。

結婚して出産したあと、茜音は日々そんな気力に満ちていた。

「よぉーし。今日も仕事チャッチャと終わらせて、速攻で帰ってくるからね！」

鼻息荒く言うと、龍之介はおかしそうに笑う。

「いいぞ、ママ。その意気だ！　いってらっしゃーい」

「じゃあ、いってきまーす！」

玄関のドアを開けると、青空は澄み渡り、まばゆい朝日が降り注いだ。

さあ、今週末はなにをして遊ぼう？

これから先、どんなに楽しいことがあるのかな？

龍之介と美優と三人で過ごす休日が、待ちきれない。

ワクワクを抑えきれず、茜音は一歩前に踏み出した。

恋愛小説「エタニティブックス」の人気作を漫画化！

EC Eternity COMICS

待ち焦がれたハッピーエンド

漫画 渋谷百音子 *Moneko Shibuya*

原作 吉桜美貴 *Miki Yoshizakura*

ニューヨークで暮らす貧乏女優の美紅は、生活費のため、ある大企業の秘書面接を受ける。無事に採用となるのだが、実はこの面接、会社のCEOである日系ドイツ人、ディーターの偽装婚約者を探すためのものだった！　胡散臭い話だと訝しむ美紅だったが、報酬が破格な上、身体の関係もなしと聞き、フリだけなら…とこの話を引き受けることに。それなのに、彼は眩いほどの色気で美紅を魅了してきて――!?

B6判　定価：640円＋税　ISBN 978-4-434-24658-6

エタニティ文庫

イケメンCEOのめくるめく寵愛

エタニティ文庫・赤

エタニティ文庫・赤

待ち焦がれたハッピーエンド

吉桜美貴　　装丁イラスト／虎井シグマ

文庫本／定価：本体 640 円＋税

勤めていた会社を解雇され、貯金もなく崖っぷちの美紅。そんな彼女が、ある大企業の秘書面接を受けたところ、なぜか CEO の偽装婚約者を演じることなってしまった！　冷酷非道な野心家で、美人女優たちと数々の浮名を流す彼だけれど、対峙してみると繊細で優しい一面もあり……？　この関係は、二週間だけの期間限定――焼け付くような身分差ラブ。

※エタニティブックスは大人の女性のための恋愛小説レーベルです。ロゴマークの色で性描写の有無を判断することができます（赤・一定以上の性描写あり、ロゼ・性描写あり、白・性描写なし）。

詳しくは公式サイトにてご確認ください。
http://www.eternity-books.com/

携帯サイトはこちらから！

〜大人のための恋愛小説レーベル〜

ETERNITY
エタニティブックス

装丁イラスト／逆月酒乱

エタニティブックス・赤

俺様御曹司は義妹を溺愛して離さない

なかゆんきなこ

訳あって、生まれてすぐ名家の養女となった小春。彼女は義理の兄である勇斗に叶わぬ想いを抱き続けていた。勇斗のほうでも小春を可愛がり、束縛しようとする。けれど彼のそれは、あくまで妹に対する愛情に違いない……そう思った小春は、自分の恋をあきらめようと決心したのだけれど——!?

装丁イラスト／アオイ冬子

エタニティブックス・赤

極上エリートは溺愛がお好き

藤谷藍

とある企業の秘書として働く、二十七歳の紗奈。過去の経験から「男なんてもうコリゴリ！」と秘書の仕事に打ち込んでいる。そんな彼女のトラウマをものともせず、一気に距離を詰めてきたのは、取引先のエリート社員・翔。あまりにもストレートな彼の口説き文句に、紗奈は蕩かされてしまい——？

※エタニティブックスは大人の女性のための恋愛小説レーベルです。ロゴマークの色で性描写の有無を判断することができます（赤・一定以上の性描写あり、ロゼ・性描写あり、白・性描写なし）。

詳しくは公式サイトにてご確認ください。
http://www.eternity-books.com/

携帯サイトはこちらから！

この作品に対する皆様のご意見・ご感想をお待ちしております。
おハガキ・お手紙は以下の宛先にお送りください。

【宛先】
〒150-6008 東京都渋谷区恵比寿4-20-3 恵比寿ガーデンプレイスタワー 8F
(株)アルファポリス　書籍感想係

メールフォームでのご意見・ご感想は右のＱＲコードから、
あるいは以下のワードで検索をかけてください。

アルファポリス　書籍の感想 

ご感想はこちらから

孤高のCEOと子作りすることになりました！

吉桜美貴(よしざくら みき)

2020年 3月 25日初版発行

編集－斉藤麻貴・宮田可南子
編集長－太田鉄平
発行者－梶本雄介
発行所－株式会社アルファポリス
〒150-6008 東京都渋谷区恵比寿4-20-3恵比寿ガーデンプレイスタワー8F
TEL 03-6277-1601（営業） 03-6277-1602（編集）
URL https://www.alphapolis.co.jp/
発売元－株式会社星雲社（共同出版社・流通責任出版社）
〒112-0005 東京都文京区水道1-3-30
TEL 03-3868-3275
装丁イラスト－駒城ミチヲ
装丁デザイン－ansyyqdesign
印刷－図書印刷株式会社

価格はカバーに表示されてあります。
落丁乱丁の場合はアルファポリスまでご連絡ください。
送料は小社負担でお取り替えします。

ISBN978-4-434-27217-2 C0093